Melhores Poemas

CECÍLIA MEIRELES

Direção de Edla van Steen

Melhores Poemas

CECÍLIA MEIRELES

Seleção e prefácio
ANDRÉ SEFFRIN

© Condomínio dos Proprietários dos Direitos Intelectuais
de Cecília Meireles
Direitos cedidos por Solombra – Agência Literária
(solombra@solombra.org)

1ª Edição, Global Editora, São Paulo 2016
3ª Reimpressão, 2024

Jefferson L. Alves – diretor editorial
Gustavo Henrique Tuna – editor assistente
Flávio Samuel – gerente de produção
Flavia Baggio – coordenadora editorial e revisão
Jefferson Campos – assistente de produção
Fernanda B. Bincoletto – assistente editorial
Eduardo Okuno – capa
Imagem de capa – Fernando Correia Dias

CIP-BRASIL. CATALOGAÇÃO NA FONTE
SINDICATO NACIONAL DOS EDITORES DE LIVROS, RJ

M453
15. ed

  Meireles, Cecília, 1901-1964
     Melhores poemas: Cecília Meireles / Cecília Meireles;
  organização André Seffrin; coordenação Edla Van Steen. – 1. ed. –
  São Paulo: Global, 2016.

     ISBN 978-85-260-2271-3

     1. Poesia brasileira. I. Seffrin, André. II. Steen, Edla van. III.
  Título.

16-31295
                                                       CDD: 869.91
                                                CDU: 821.134.3(81)-1

Obra atualizada conforme o
NOVO ACORDO ORTOGRÁFICO DA LÍNGUA PORTUGUESA

global
editora

Global Editora e Distribuidora Ltda.
Rua Pirapitingui, 111 – Liberdade
CEP 01508-020 – São Paulo – SP
Tel.: (11) 3277-7999
e-mail: global@globaleditora.com.br

(g) grupoeditorialglobal.com.br   (X) @globaleditora
(f) /globaleditora   (O) @globaleditora
(▶) /globaleditora   (in) /globaleditora
(●) blog.grupoeditorialglobal.com.br

Direitos reservados.
Colabore com a produção científica e cultural.
Proibida a reprodução total ou parcial desta
obra sem a autorização do editor.

Nº de Catálogo: **3811.POC**

André Seffrin é crítico, ensaísta e pesquisador independente. Nasceu em Júlio de Castilhos (RS, 1965) e reside desde 1987 no Rio de Janeiro. Atuou em jornais e revistas, com passagens por *Última Hora, Jornal do Brasil, Jornal da Tarde, O Globo, Manchete, Gazeta Mercantil, EntreLivros* etc. Coordenou coleções de autores clássicos para diversas editoras e organizou mais de duas dezenas de livros, entre os quais *Inácio, O enfeitiçado* e *Baltazar*, de Lúcio Cardoso (Civilização Brasileira, 2002), *Contos e novelas reunidos*, de Samuel Rawet (Civilização Brasileira, 2004), *Roteiro da poesia brasileira: anos 50* (Global, 2007), *Poesia completa e prosa*, de Manuel Bandeira (Nova Aguilar, 2009) e *Romanceiro da Inconfidência*, de Cecília Meireles, edição comemorativa – 60 anos (Global, 2013).

O GOSTO INFINITO DAS RESPOSTAS QUE NÃO SE ENCONTRAM

> *Eu sou criatura de exílio. De todos os exílios.*
> CECÍLIA MEIRELES
> (carta a Armando Côrtes-Rodrigues, 29 nov. 1946)

É na tensão entre a geometria do discurso e o infinito do sensível, por meio de um olhar translúcido e um forte desejo de evasão, vizinho do sobrenatural, que Cecília Meireles empreende a sua viagem, metáfora do navegar, e edifica a sua poesia. Uma viagem sem termo pela memória, marcada pela distância de tudo e por uma alternada falta de respostas. Em outra carta a Armando Côrtes-Rodrigues, de 11 de março de 1946, afirma: "Estou muito feita de sobrenatural, e acho a realidade uma convenção". Equívocos de interpretação da natureza de sua arte nasceram daí, dessa sua dúbia face, e foi então mais conveniente notá-la no que possuía de volátil e evanescente do que de essencial e particular. Porque sua índole é a do confronto, mesmo em seus prováveis compassos identificados como "espiritualistas" e "musicais". Algo que não passou despercebido a Theodemiro Tostes, um de seus mais qualificados analistas, ao anotar em 1925 que na "música deliciosa dos seus versos, entre imagens de uma delicadeza estranha e duma originalidade inesperada, há sempre uma ideia dominante".

Certa vez notou Cecília Meireles que há muita autobiografia na obra literária de Mário de Andrade, observação baseada, é claro, no itinerário mental do autor, livro a livro. Em alguma medida, essa notação define sua própria poesia, movida por autorretratos de órfã exilada que eventualmente delineiam uma autobiografia – caracterizada às vezes como antibiografia tal a ambiguidade, a alteridade e a fragmentação de seus extratos memorialísticos banhados em extremada perplexidade existencial. Porque em Cecília o poeta se autorretrata frequentemente à procura do clã, de seus ancestrais dispersos no desenho da vida, e até num suposto outro lado da vida. Navegação que se projeta em conflitos arquetípicos, nutridos na aparente dicotomia de um sereno desespero, emblematicamente fixado no verso final de "Epitáfio da navegadora", de *Vaga música*. Essa mitopoética plurivalente e universal, Cecília Meireles conseguiu adensar de um modo sem precedentes na literatura de língua portuguesa moderna.

Mesmo nos seus poemas, por assim dizer, menos pessoais, podemos encontrar ocasionalmente camadas destas aludidas autobiografias ou antibiografias, bem nítidas, outras disfarçadas ou quase intangíveis por força dos códigos da criação em seus múltiplos espelhos. E não faltam espelhos nesta poesia obsessiva e polissêmica de Cecília Meireles, tão luminosa em seus enigmas, radiante no que oculta e no que provisoriamente revela. E ao revelar-se, nesse seu passeio genealógico desenhado com precavido distanciamento, costuma considerar o que não lhe cabe por diferente, como no "Epigrama nº 7", de *Viagem*:

A tua raça quer partir,
guerrear, sofrer, vencer, voltar.

A minha, não quer ir nem vir.
A minha raça quer *passar*.

"Inventário da vida deveria chamar-se uma obra tal, que a ela nada escapou", resumiu mais tarde Darcy Damasceno. Inventário da vida que um apurado senso literário e filosófico soube equilibrar em crescente aprendizado das nossas melhores heranças culturais, de ocidente e oriente. E não se ignora que seu lugar é entre nossos mais preparados e importantes poetas, entre os poucos que podemos ter na mais alta conta de nossas conquistas éticas e estéticas.

Além desse incomum preparo intelectual, teve Cecília Meireles igualmente as suas heranças de sangue que, transverberadas em arte pela memória involuntária – ficções da memória deveríamos dizer –, em seu caso se tornaram paradigmáticas e como tal nunca por ela negligenciadas ou contornadas, embora amortecidas ou até secretas quando certos recursos estilísticos o exigiram. Em seu elemento, uma vida reinventada em poesia, a que lhe restou, a única possível. E uma poesia encarada não exatamente como instrumento de cura (comum a tantos poetas), mas de disciplina órfica que, embora mística, se manteve afastada de qualquer apologia nessa espécie de ascese agnóstica em que moldou todo seu legado, em verso ou prosa – na incessante e angustiada sondagem dos arcanos inacessíveis, na sua "aventura do sonho exposto à correnteza" da vida, a recolher "o gosto infinito das respostas que não se encontram", como assinala em "Noções", ainda do livro *Viagem*.

É conhecida a célebre polêmica que envolveu esse livro e a instituição que o distinguiu (prêmio Olavo Bilac de poesia, Academia Brasileira de Letras, 1938), batalha feroz que extrapolou o âmbito acadêmico. O parecer do relator da comissão julgadora, Cassiano Ricardo, foi determinante: as qualidades excepcionais dos poemas de *Viagem* facilitaram uma avaliação por *contraste* e não por *confronto*. Com indisfarçável ironia, em crítica que dedicou à obra na época, Mário de Andrade inverteu a láurea ao afirmar que a Academia é quem deveria sentir-se premiada com a poesia de Cecília. Verdade é que, para Cecília, o reconhecimento imediato da melhor crítica, principalmente lusa, ajudou a minorar aborrecimentos. Não apenas os habituais aborrecimentos restritos ao meio acadêmico e literário, mas os de outra ordem – nos embates da vida, como deixou registrado no texto de agradecimento ao prêmio, que se recusou a ler por conta da parcial censura prévia de uma ABL zelosa de seus princípios pouco simpáticos à literatura nova. Depois do episódio, como se sabe, a Academia assumiu nova postura em relação à poesia moderna, e Cecília Meireles se transformou cada vez mais no que passou a escrever – para João Gaspar Simões, uma poesia na qual "tudo é moderno menos o que não podia deixar de ser antigo".

Ela que tanto se mostrou ligada a símbolos, e muitas vezes símbolos numéricos, adotou naquela data (1939) o nome Meireles sem o *l* dobrado dos livros anteriores – *Espectros* (1919), *Nunca mais... e Poema dos poemas* (1923) e *Baladas para El-Rei* (1925), títulos que resolveu deixar de fora de sua obra "consentida", a prestigiosa edição José Aguilar de 1958. Fez valer então a nova Cecília renascida poeticamente em *Viagem*. Uma prova de que preferiu preservar um *autorretrato* nada experimental ou circunstancial, dentro do que seria e foi a sua *verdade* como poeta, plenamente expressa na obra-prima "Motivo":

> Eu canto porque o instante existe
> e a minha vida está completa.
> Não sou alegre nem sou triste:
> sou poeta.

Irmão das coisas fugidias,
não sinto gozo nem tormento.
Atravesso noites e dias
no vento.

Se desmorono ou se edifico,
se permaneço ou me desfaço,
— não sei, não sei. Não sei se fico
ou passo.

Sei que canto. E a canção é tudo.
Tem sangue eterno a asa ritmada.
E um dia sei que estarei mudo:
— mais nada.

Os próximos livros potencializaram esta sua desassossegada e imprevisível visão retentiva — nas evidências "sem definição" que fundam seus poemas mais autênticos, no espesso lirismo eventualmente épico de seus muitos circuitos. Nas edições que se sucederam a partir dos anos 1960, àquele conjunto fechado de obra reunida em 1958 somaram-se naturalmente os livros anteriores e posteriores, material disperso que também detalha e complementa sua trajetória, sucessivamente aberta a análises dos mais diversos e inesperados matizes. Tanto que podemos hoje falar das muitas cecílias em Cecília, e quem sabe até dos vagos, improváveis heterônimos adormecidos em suas multidenominadas figuras que hiperbolicamente dialogam em território ímpio, sem remissão, como o dos poemas de *Solombra*, com suas vozes do outro lado.

Muito antes disso, em "Explicação", de *Vaga música*, os últimos versos já antecipam uma outra persona (outras?) a nos reger de fora, além do tempo —

(Navego pela memória
sem margens.

Alguém conta a minha história
e alguém mata os personagens.)

É quando em seu discurso o etéreo desloca e embaralha os perfis. E nesses seus jogos quase lúdicos, ela não dispensa a ironia ("leves tons de ironia", diria Henriqueta Lisboa) e mesmo alguns ataques frontais às injustiças e aos desmandos dos poderosos da hora, ataques que preponderam nas crônicas, e são menos evidentes na poesia. Essa sua dimensão, digamos, política, em grande parte subjacente nos livros das décadas de 1930 e 1940 e que antecipa os monólogos e diálogos do *Romanceiro da Inconfidência*, é preciso, sempre que possível, trazer ao centro do palco. Mesmo que temperada pelo que alternadamente é tido como mais representativo e característico de sua poética – o surrealismo das muitas "visões" que a nutriram desde *Nunca mais... e Poema dos poemas*, o fantasmagórico e o alucinatório, por vezes dominante, como no último poema dos *Doze noturnos da Holanda*, ou a persistente angústia sem redenção que atinge seu ápice na série nuclear de *Solombra*.

Cecília Meireles assim concretizou verbalmente sua desencantada visão dos horizontes terrestres, canto que desentranhou da vida de modo crispado e solitário: "Que procuras? – Tudo. Que desejas? – Nada./ Viajo sozinha com o meu coração." E no dilema "ou isto ou aquilo", não buscou em autorretratos explicar-se, mas indagar-se na intuição ou no pressentimento de tudo que acaba ou se renova no contínuo do mundo. Quando se descortinam em sua poesia "outras ordens, que não foram bem ouvidas", lá onde "uma outra boca falava: não somente a de antigos mortos", conforme anuncia no poema "Mar absoluto", do livro homônimo.

Nesta maneira peregrina de se autopercorrer, Cecília Meireles recordou o mundo para nele traduzir-se em poemas, porque, como registra em "Desenho", de *O estudante empírico*,

Somos sempre um pouco menos do que pensávamos.
Raramente, um pouco mais.

André Seffrin

POEMAS

VIAGEM

VIAGEM

MOTIVO

Eu canto porque o instante existe
e a minha vida está completa.
Não sou alegre nem sou triste:
sou poeta.

Irmão das coisas fugidias,
não sinto gozo nem tormento.
Atravesso noites e dias
no vento.

Se desmorono ou se edifico,
se permaneço ou me desfaço,
— não sei, não sei. Não sei se fico
ou passo.

Sei que canto. E a canção é tudo.
Tem sangue eterno a asa ritmada.
E um dia sei que estarei mudo:
— mais nada.

RETRATO

Eu não tinha este rosto de hoje,
assim calmo, assim triste, assim magro,
nem estes olhos tão vazios,
nem o lábio amargo.

Eu não tinha estas mãos sem força,
tão paradas e frias e mortas;
eu não tinha este coração
que nem se mostra.

Eu não dei por esta mudança,
tão simples, tão certa, tão fácil:
– Em que espelho ficou perdida
a minha face?

CONVENIÊNCIA

Convém que o sonho tenha margens de nuvens rápidas
e os pássaros não se expliquem, e os velhos andem pelo sol,
e os amantes chorem, beijando-se, por algum infanticídio.

Convém tudo isso, e muito mais, e muito mais...
E por esse motivo aqui vou, como os papéis abertos
que caem das janelas dos sobrados, tontamente...

Depois das ruas, e dos trens, e dos navios,
encontrarei casualmente a sala que afinal buscava,
e o meu retrato, na parede, olhará para os olhos que levo.

E encolherei meu corpo nalguma cama dura e fria.
(Os grilos da infância estarão cantando dentro da erva...)
E eu pensarei: "Que bom! nem é preciso respirar!..."

CANÇÃO

Pus o meu sonho num navio
e o navio em cima do mar;
– depois, abri o mar com as mãos,
para o meu sonho naufragar.

Minhas mãos ainda estão molhadas
do azul das ondas entreabertas,
e a cor que escorre dos meus dedos
colore as areias desertas.

O vento vem vindo de longe,
a noite se curva de frio;
debaixo da água vai morrendo
meu sonho, dentro de um navio...

Chorarei quanto for preciso,
para fazer com que o mar cresça,
e o meu navio chegue ao fundo
e o meu sonho desapareça.

Depois, tudo estará perfeito:
praia lisa, águas ordenadas,
meus olhos secos como pedras
e as minhas duas mãos quebradas.

CANÇÃO

Nunca eu tivera querido
dizer palavra tão louca:
bateu-me o vento na boca,
e depois no teu ouvido.

Levou somente a palavra,
deixou ficar o sentido.

O sentido está guardado
no rosto com que te miro,
neste perdido suspiro
que te segue alucinado,
no meu sorriso suspenso
como um beijo malogrado.

Nunca ninguém viu ninguém
que o amor pusesse tão triste.
Essa tristeza não viste,
e eu sei que ela se vê bem...
Só se aquele mesmo vento
fechou teus olhos, também...

ACEITAÇÃO

É mais fácil pousar o ouvido nas nuvens
e sentir passar as estrelas
do que prendê-lo à terra e alcançar o rumor dos teus passos.

É mais fácil, também, debruçar os olhos no oceano
e assistir, lá no fundo, ao nascimento mudo das formas,
que desejar que apareças, criando com teu simples gesto
o sinal de uma eterna esperança.

Não me interessam mais nem as estrelas, nem as formas do mar, nem tu.

Desenrolei de dentro do tempo a minha canção:
não tenho inveja às cigarras: também vou morrer de cantar.

TERRA

Deusa dos olhos volúveis
pousada na mão das ondas:
em teu colo de penumbras,
abri meus olhos atônitos.
Surgi do meio dos túmulos,
para aprender o meu nome.

Mamei teus peitos de pedra
constelados de prenúncios.

Enredei-me por florestas,
entre cânticos e musgos.
Soltei meus olhos no elétrico
mar azul, cheio de músicas.

Desci na sombra das ruas,
como pelas tuas veias:
meu passo – a noite nos muros –
casas fechadas – palmeiras –
cheiro de chácaras úmidas –
sono da existência efêmera.

O vento das praias largas
mergulhou no teu perfume
a cinza das minhas mágoas.
E tudo caiu de súbito,
junto com o corpo dos náufragos,
para os invisíveis mundos.

Vi tantos rostos ocultos
de tantas figuras pálidas!

Por longas noites inúmeras,
em minha assombrada cara
houve grandes rios mudos
como os desenhos dos mapas.

Tinhas os pés sobre flores,
e as mãos presas, de tão puras.
Em vão, suspiros e fomes
cruzavam teus olhos múltiplos,
despedaçando-se anônimos,
diante da tua altitude.

Fui mudando minha angústia
numa força heroica de asa.
Para construir cada músculo,
houve universos de lágrimas.
Devo-te o modelo justo:
sonho, dor, vitória e graça.

No rio dos teus encantos,
banhei minhas amarguras.
Purifiquei meus enganos,
minhas paixões, minhas dúvidas.
Despi-me do meu desânimo –
fui como ninguém foi nunca.

Deusa dos olhos volúveis,
rosto de espelho tão frágil,
coração de tempo fundo,
– por dentro das tuas máscaras,

meus olhos, sérios e lúcidos,
viram a beleza amarga.

E esse foi o meu estudo
para o ofício de ter alma;
para entender os soluços,
depois que a vida se cala.
– Quando o que era muito é único
e, por ser único, é tácito.

GUITARRA

Punhal de prata já eras,
punhal de prata!
Nem foste tu que fizeste
a minha mão insensata.

Vi-te brilhar entre as pedras,
punhal de prata!
— no cabo, flores abertas,
no gume, a medida exata,

a exata, a medida certa,
punhal de prata,
para atravessar-me o peito
com uma letra e uma data.

A maior pena que eu tenho,
punhal de prata,
não é de me ver morrendo,
mas de saber quem me mata.

NOÇÕES

Entre mim e mim, há vastidões bastantes
para a navegação dos meus desejos afligidos.

Descem pela água minhas naves revestidas de espelhos.
Cada lâmina arrisca um olhar, e investiga o elemento que a
[atinge.

Mas, nesta aventura do sonho exposto à correnteza,
só recolho o gosto infinito das respostas que não se encontram.

Virei-me sobre a minha própria existência, e contemplei-a.
Minha virtude era esta errância por mares contraditórios,
e este abandono para além da felicidade e da beleza.

Oh! meu Deus, isto é a minha alma:
qualquer coisa que flutua sobre este corpo efêmero e precário,
como o vento largo do oceano sobre a areia passiva e inúmera...

EPIGRAMA Nº 7

A tua raça de aventura
quis ter a terra, o céu, o mar.

Na minha, há uma delícia obscura
em não querer, em não ganhar...

A tua raça quer partir,
guerrear, sofrer, vencer, voltar.

A minha, não quer ir nem vir.
A minha raça quer *passar*.

RESSURREIÇÃO

Não cantes, não cantes, porque vêm de longe os náufragos
vêm os presos, os tortos, os monges, os oradores, os suicidas.
Vêm as portas, de novo, e o frio das pedras, das escadas,
e, numa roupa preta, aquelas duas mãos antigas.

E uma vela de móvel chama fumosa. E os livros. E os escritos.
Não cantes. A praça cheia torna-se escura e subterrânea.
E meu nome se escuta a si mesmo, triste e falso.

Não cantes, não. Porque era a música da tua
voz que se ouvia. Sou morta recente, ainda com lágrimas.

Alguém cuspiu por distração sobre as minhas pestanas.
Por isso vi que era tão tarde.

E deixei nos meus pés ficar o sol e andarem moscas.
E dos meus dentes escorrer uma lenta saliva.
Não cantes, pois trancei o meu cabelo, agora,
e estou diante do espelho, e sei melhor que ando fugida.

SEREIA

Linda é a mulher e o seu canto,
ambos guardados no luar.
Seus olhos doces de pranto
– quem os pudera enxugar
devagarinho com a boca,
ai!
com a boca, devagarinho...

Na sua voz transparente
giram sonhos de cristal.
Nem ar nem onda corrente
possuem suspiro igual,
nem os búzios nem as violas,
ai!
nem as violas nem os búzios...

Tudo pudesse a beleza,
e, de encoberto país,
viria alguém, com certeza,
para fazê-la feliz,
contemplando-lhe alma e corpo,
ai!
alma e corpo contemplando-lhe...

Mas o mundo está dormindo
em travesseiros de luar.
A mulher do canto lindo
ajuda o mundo a sonhar,

com o canto que a vai matando,
ai!
E morrerá de cantar.

DESTINO

Pastora de nuvens, fui posta a serviço
por uma campina tão desamparada
que não principia nem também termina,
e onde nunca é noite e nunca madrugada.

(Pastores da terra, vós tendes sossego,
que olhais para o sol e encontrais direção.
Sabeis quando é tarde, sabeis quando é cedo.
Eu, não.)

Pastora de nuvens, por muito que espere,
não há quem me explique meu vário rebanho.
Perdida atrás dele na planície aérea,
não sei se o conduzo, não sei se o acompanho.

(Pastores da terra, que saltais abismos,
nunca entendereis a minha condição.
Pensais que há firmezas, pensais que há limites.
Eu, não.)

Pastora de nuvens, cada luz colore
meu canto e meu gado de tintas diversas.
Por todos os lados o vento revolve
os velos instáveis das reses dispersas.

(Pastores da terra, de certeiros olhos,
como é tão serena a vossa ocupação!
Tendes sempre o indício da sombra que foge...
Eu, não.)

Pastora de nuvens, não paro nem durmo
neste móvel prado, sem noite e sem dia.
Estrelas e luas que jorram, deslumbram
o gado inconstante que se me extravia.

(Pastores da terra, debaixo das folhas
que entornam frescura num plácido chão,
sabeis onde pousam ternuras e sonos.
Eu, não.)

Pastora de nuvens, esqueceu-me o rosto
do dono das reses, do dono do prado.
E às vezes parece que dizem meu nome,
que me andam seguindo, não sei por que lado.

(Pastores da terra, que vedes pessoas
sem serem apenas de imaginação,
podeis encontrar-vos, falar tanta coisa!
Eu, não.)

Pastora de nuvens, com a face deserta,
sigo atrás de formas com feitios falsos,
queimando vigílias na planície eterna
que gira debaixo dos meus pés descalços.

(Pastores da terra, tereis um salário,
e andará por bailes vosso coração.
Dormireis um dia como pedras suaves.
Eu, não.)

VAGA MÚSICA

EPITÁFIO DA NAVEGADORA

A Gastón Figueira

Se te perguntarem quem era
essa que às areias e gelos
quis ensinar a primavera;

e que perdeu seus olhos pelos
mares sem deuses desta vida,
sabendo que, de assim perdê-los,

ficaria também perdida;
e que em algas e espumas presa
deixou sua alma agradecida;

essa que sofreu de beleza
e nunca desejou mais nada;
que nunca teve uma surpresa

em sua face iluminada,
dize: "Eu não pude conhecê-la,
sua história está mal contada,

mas seu nome, de barca e estrela,
foi: SERENA DESESPERADA".

CANÇÃO EXCÊNTRICA

Ando à procura de espaço
para o desenho da vida.
Em números me embaraço
e perco sempre a medida.
Se penso encontrar saída,
em vez de abrir um compasso,
projeto-me num abraço
e gero uma despedida.

Se volto sobre o meu passo,
é já distância perdida.

Meu coração, coisa de aço,
começa a achar um cansaço
esta procura de espaço
para o desenho da vida.
Já por exausta e descrida
não me animo a um breve traço:
– saudosa do que não faço,
– do que faço, arrependida.

CANÇÃO QUASE INQUIETA

De um lado, a eterna estrela,
e do outro a vaga incerta,

meu pé dançando pela
extremidade da espuma,
e meu cabelo por uma
planície de luz deserta.

Sempre assim:
de um lado, estandartes do vento...
– do outro, sepulcros fechados.
E eu me partindo, dentro de mim,
para estar no mesmo momento
de ambos os lados.

Se existe a tua Figura,
se és o Sentido do Mundo,
deixo-me, fujo por ti,
nunca mais quero ser minha!

(Mas, neste espelho, no fundo
desta fria luz marinha,
como dois baços peixes,
nadam meus olhos à minha procura...
Ando contigo – e sozinha.
Vivo longe – e acham-me aqui...)

Fazedor da minha vida,
não me deixes!
Entende a minha canção!

Tem pena do meu murmúrio,
reúne-me em tua mão!

Que eu sou gota de mercúrio,
dividida,
desmanchada pelo chão...

A DOCE CANÇÃO

A Christina Christie

Pus-me a cantar minha pena
com uma palavra tão doce,
de maneira tão serena,
que até Deus pensou que fosse
felicidade – e não pena.

Anjos de lira dourada
debruçaram-se da altura.
Não houve, no chão, criatura
de que eu não fosse invejada,
pela minha voz tão pura.

Acordei a quem dormia,
fiz suspirarem defuntos.
Um arco-íris de alegria
da minha boca se erguia
pondo o sonho e a vida juntos.

O mistério do meu canto,
Deus não soube, tu não viste.
Prodígio imenso do pranto:
– todos perdidos de encanto,
só eu morrendo de triste!

Por assim tão docemente
meu mal transformar em verso,
oxalá Deus não o aumente,
para trazer o Universo
de polo a polo contente!

CANÇÃO DE ALTA NOITE

Alta noite, lua quieta,
muros frios, praia rasa.

Andar, andar, que um poeta
não necessita de casa.

Acaba-se a última porta.
O resto é o chão do abandono.

Um poeta, na noite morta,
não necessita de sono.

Andar... Perder o seu passo
na noite, também perdida.

Um poeta, à mercê do espaço,
nem necessita de vida.

Andar... – enquanto consente
Deus que seja a noite andada.

Porque o poeta, indiferente,
anda por andar – somente.
Não necessita de nada.

MEMÓRIA

A José Osório

Minha família anda longe,
com trajos de circunstância:
uns converteram-se em flores,
outros em pedra, água, líquen;
alguns, de tanta distância,
nem têm vestígios que indiquem
uma certa orientação.

Minha família anda longe,
– na Terra, na Lua, em Marte –
uns dançando pelos ares,
outros perdidos no chão.

Tão longe, a minha família!
Tão dividida em pedaços!
Um pedaço em cada parte...
Pelas esquinas do tempo,
brincam meus irmãos antigos:
uns anjos, outros palhaços...
Seus vultos de labareda
rompem-se como retratos
feitos em papel de seda.
Vejo lábios, vejo braços,
– por um momento persigo-os;
de repente, os mais exatos
perdem sua exatidão.
Se falo, nada responde.

Depois, tudo vira vento,
e nem o meu pensamento
pode compreender por onde
passaram nem onde estão.

Minha família anda longe.
Mas eu sei reconhecê-la:
um cílio dentro do oceano,
um pulso sobre uma estrela,
uma ruga num caminho
caída como pulseira,
um joelho em cima da espuma,
um movimento sozinho
aparecido na poeira...
Mas tudo vai sem nenhuma
noção de destino humano,
de humana recordação.

Minha família anda longe.
Reflete-se em minha vida,
mas não acontece nada:
por mais que eu esteja lembrada,
ela se faz de esquecida:
não há comunicação!
Uns são nuvem, outros, lesma...
Vejo as asas, sinto os passos
de meus anjos e palhaços,
numa ambígua trajetória
de que sou o espelho e a história.

Murmuro para mim mesma:
"É tudo imaginação!"

Mas sei que tudo é memória...

IDA E VOLTA EM PORTUGAL

Olival de prata,
veludosos pinhos,
clara madrugada,
dourados caminhos,
lembrai-vos da graça
com que os meus vizinhos,
numa cavalgada,
com frutas e vinhos,
lenços de escarlata,
cestas e burrinhos,
foram pela estrada,
assustando os moinhos
com suas risadas,
pondo em fuga cabras,
ventos, passarinhos...

Ai, como cantavam!
Ai, como se riam!

> Seus corpos – roseiras.
> Seus olhos – diamantes.

> Ora vamos ao campo colher amoras
> e amores!
> A amar, amadores amantes!

Olival de prata,
veludosos pinhos,

pura Vésper clara,
silentes caminhos,
lembrai-vos da pausa
com que os meus vizinhos
vieram pela estrada.
Morria nos moinhos
o giro das asas.
Ventos, passarinhos,
árvores e cabras,
tudo estacionava.
As flores faltavam.
Sobravam espinhos.

Ai, como choravam!
Ai, como gemiam!

> Seus corpos – granito.
> Seus olhos – cisternas.
>
> Este é o campo sem fim de onde não retornam ternuras!
> Entornai-vos, ondas eternas!

CAMPOS VERDES

Sobre o campo verde,
ondas de prata.

Andava-se, andava-se...
Sobre o verde campo,
sempre outras águas.

Sobre o campo verde,
paciente barco.

Errava-se, errava-se...
Sobre o verde campo,
sempre outro espaço.

Sobre o campo verde,
todas as cartas.

Armava-se, armava-se...
Sobre o verde campo,
sempre o ás de espadas.

Sobre o campo verde,
qualquer palavra.

Olhava-se, olhava-se...
Ai! sobre o verde campo,
mais nada.

ENCOMENDA

Desejo uma fotografia
como esta – o senhor vê? – como esta:
em que para sempre me ria
com um vestido de eterna festa.

Como tenho a testa sombria,
derrame luz na minha testa.
Deixe esta ruga, que me empresta
um certo ar de sabedoria.

Não meta fundos de floresta
nem de arbitrária fantasia...
Não... Neste espaço que ainda resta,
ponha uma cadeira vazia.

EXPLICAÇÃO

A Alberto de Serpa

O pensamento é triste; o amor, insuficiente;
e eu quero sempre mais do que vem nos milagres.
Deixo que a terra me sustente:
guardo o resto para mais tarde.

Deus não fala comigo – e eu sei que me conhece.
A antigos ventos dei as lágrimas que tinha.
A estrela sobe, a estrela desce...
– espero a minha própria vinda.

(Navego pela memória
sem margens.

Alguém conta a minha história
e alguém mata os personagens.)

REINVENÇÃO

A vida só é possível
reinventada.

Anda o sol pelas campinas
e passeia a mão dourada
pelas águas, pelas folhas...
Ah! tudo bolhas
que vêm de fundas piscinas
de ilusionismo... – mais nada.

Mas a vida, a vida, a vida,
a vida só é possível
reinventada.

Vem a lua, vem, retira
as algemas dos meus braços.
Projeto-me por espaços
cheios da tua Figura.
Tudo mentira! Mentira
da lua, na noite escura.

Não te encontro, não te alcanço...
Só – no tempo equilibrada,
desprendo-me do balanço
que além do tempo me leva.
Só – na treva,
fico: recebida e dada.

Porque a vida, a vida, a vida,
a vida só é possível
reinventada.

ECO

Alta noite, o pobre animal aparece no morro, em silêncio.
O capim se inclina entre os errantes vaga-lumes;
pequenas asas de perfume saem de coisas invisíveis:
no chão, branco de lua, ele prega e desprega as patas, com sombra.

Prega, desprega e para.
Deve ser água, o que brilha como estrela, na terra plácida.
Serão joias perdidas, que a lua apanha em sua mão?
Ah!... não é isso...

E alta noite, pelo morro em silêncio, desce o pobre animal sozinho.

Em cima, vai ficando o céu. Tão grande. Claro. Liso.
Ao longe, desponta o mar, depois das areias espessas.
As casas fechadas esfriam, esfriam as folhas das árvores.
As pedras estão como muitos mortos: ao lado um do outro, mas
[estranhos.
E ele para, e vira a cabeça. E mira com seus olhos de homem.
Não é nada disso, porém...

Alta noite, diante do oceano, senta-se o animal, em silêncio.
Balançam-se as ondas negras. As cores do farol se alternam.
Não existe horizonte. A água se acaba em tênue espuma.

Não é isso! Não é isso!
Não é a água perdida, a lua andante, a areia exposta...
E o animal se levanta e ergue a cabeça, e late... late...

E o eco responde.

Sua orelha estremece. Seu coração se derrama na noite.
Ah! para aquele lado apressa o passo, em busca do eco.

DESPEDIDA

Por mim, e por vós, e por mais aquilo
que está onde as outras coisas nunca estão,
deixo o mar bravo e o céu tranquilo:
quero solidão.

Meu caminho é sem marcos nem paisagens.
E como o conheces? – me perguntarão.
– Por não ter palavras, por não ter imagens.
Nenhum inimigo e nenhum irmão.

Que procuras? – Tudo. Que desejas? – Nada.
Viajo sozinha com o meu coração.
Não ando perdida, mas desencontrada.
Levo o meu rumo na minha mão.

A memória voou da minha fronte.
Voou meu amor, minha imaginação...
Talvez eu morra antes do horizonte.
Memória, amor e o resto onde estarão?

Deixo aqui meu corpo, entre o sol e a terra.
(Beijo-te, corpo meu, todo desilusão!
Estandarte triste de uma estranha guerra...)

Quero solidão.

MAR ABSOLUTO

MAR ABSOLUTO

MAR ABSOLUTO

Foi desde sempre o mar.
E multidões passadas me empurravam
como a barco esquecido.

Agora recordo que falavam
da revolta dos ventos,
de linhos, de cordas, de ferros,
de sereias dadas à costa.

E o rosto de meus avós estava caído
pelos mares do Oriente, com seus corais e pérolas,
e pelos mares do Norte, duros de gelo.

Então, é comigo que falam,
sou eu que devo ir.
Porque não há mais ninguém,
não, não haverá mais ninguém,
tão decidido a amar e a obedecer a seus mortos.

E tenho de procurar meus tios remotos afogados.
Tenho de levar-lhes redes de rezas,
campos convertidos em velas,
barcas sobrenaturais
com peixes mensageiros
e santos náuticos.

E fico tonta,
acordada de repente nas praias tumultuosas.
E apressam-me, e não me deixam sequer mirar a rosa dos
[ventos.

"Para adiante! Pelo mar largo!
Livrando o corpo da lição frágil da areia!
Ao mar! – Disciplina humana para a empresa da vida!"

Meu sangue entende-se com essas vozes poderosas.
A solidez da terra, monótona,
parece-nos fraca ilusão.
Queremos a ilusão grande do mar,
multiplicada em suas malhas de perigo.

Queremos a sua solidão robusta,
uma solidão para todos os lados,
uma ausência humana que se opõe ao mesquinho formigar do
[mundo,
e faz o tempo inteiriço, livre das lutas de cada dia.

O alento heroico do mar tem seu polo secreto,
que os homens sentem, seduzidos e medrosos.

O mar é só mar, desprovido de apegos,
matando-se e recuperando-se,
correndo como um touro azul por sua própria sombra,
e arremetendo com bravura contra ninguém,
e sendo depois a pura sombra de si mesmo,
por si mesmo vencido. É o seu grande exercício.

Não precisa do destino fixo da terra,
ele que, ao mesmo tempo,
é o dançarino e a sua dança.

Tem um reino de metamorfose, para experiência:
seu corpo é o seu próprio jogo,
e sua eternidade lúdica
não apenas gratuita: mas perfeita.

Baralha seus altos contrastes:
cavalo épico, anêmona suave,
entrega-se todo, despreza tudo,
sustenta no seu prodigioso ritmo
jardins, estrelas, caudas, antenas, olhos,
mas é desfolhado, cego, nu, dono apenas de si,
da sua terminante grandeza despojada.

Não se esquece que é água, ao desdobrar suas visões:
água de todas as possibilidades,
mas sem fraqueza nenhuma.

E assim como água fala-me.
Atira-me búzios, como lembrança de sua voz,
e estrelas eriçadas, como convite ao meu destino.

Não me chama para que siga por cima dele,
nem por dentro de si:
mas para que me converta nele mesmo. É o seu máximo dom.

Não me quer arrastar como meus tios outrora,
nem lentamente conduzida,
como meus avós, de serenos olhos certeiros.

Aceita-me apenas convertida em sua natureza:
plástica, fluida, disponível,
igual a ele, em constante solilóquio,
sem exigências de princípio e fim,
desprendida de terra e céu.

E eu, que viera cautelosa,
por procurar gente passada,
suspeito que me enganei,
que há outras ordens, que não foram bem ouvidas;
que uma outra boca falava: não somente a de antigos mortos,
e o mar a que me mandam não é apenas este mar.

Não é apenas este mar que reboa nas minhas vidraças,
mas outro, que se parece com ele
como se parecem os vultos dos sonhos dormidos.
E entre água e estrela estudo a solidão.

E recordo minha herança de cordas e âncoras,
e encontro tudo sobre-humano.
E este mar visível levanta para mim
uma face espantosa.

E retrai-se, ao dizer-me o que preciso.
E é logo uma pequena concha fervilhante,
nódoa líquida e instável,
célula azul sumindo-se
no reino de um outro mar:
ah! do Mar Absoluto.

MADRUGADA NO CAMPO

Com que doçura esta brisa penteia
a verde seda fina do arrozal –
Nem cílios, nem pluma, nem lume de lânguida
lua, nem o suspiro do cristal.

Com que doçura a transparente aurora
tece na fina seda do arrozal
aéreos desenhos de orvalho! Nem lágrima,
nem pérola, nem íris de cristal...

Com que doçura as borboletas brancas
prendem os fios verdes do arrozal
com seus leves laços! Nem dedos, nem pétalas,
nem frio aroma de anis em cristal.

Com que doçura o pássaro imprevisto
de longe tomba no verde arrozal!
– Caído céu, flor azul, estrela última:
súbito sussurro e eco de cristal.

SUGESTÃO

Sede assim – qualquer coisa
serena, isenta, fiel.

Flor que se cumpre,
sem pergunta.

Onda que se esforça,
por exercício desinteressado.

Lua que envolve igualmente
os noivos abraçados
e os soldados já frios.

Também como este ar da noite:
sussurrante de silêncios,
cheio de nascimentos e pétalas.

Igual à pedra detida,
sustentando seu demorado destino.
E à nuvem, leve e bela,
vivendo de nunca chegar a ser.

À cigarra, queimando-se em música,
ao camelo que mastiga sua longa solidão,
ao pássaro que procura o fim do mundo,
ao boi que vai com inocência para a morte.

Sede assim qualquer coisa
serena, isenta, fiel.

Não como o resto dos homens.

MUSEU

Espadas frias, nítidas espadas,
duras viseiras já sem perspectiva,
cetro sem mãos, coroa já não viva
de cabeças em sangue naufragadas;
anéis de demorada narrativa,
leques sem falas, trompas sem caçadas,
pêndulos de horas não mais escutadas,
espelhos de memória fugitiva;
ouro e prata, turquesas e granadas,
     que é da presença passageira e esquiva
     das heranças dos poetas, malogradas:
     a estrela, o passarinho, a sensitiva,
     a água que nunca volta, as bem-amadas,
     a saudade de Deus, vaga e inativa...?

DESEJO DE REGRESSO

Deixai-me nascer de novo,
nunca mais em terra estranha,
mas no meio do meu povo,
com meu céu, minha montanha,
meu mar e minha família.

E que na minha memória
fique esta vida bem viva,
para contar minha história
de mendiga e de cativa
e meus suspiros de exílio.

Porque há doçura e beleza
na amargura atravessada,
e eu quero a memória acesa
depois da angústia apagada.
Com que afeição me remiro!

Marinheiro de regresso
com seu barco posto a fundo,
às vezes quase me esqueço
que foi verdade este mundo.
(Ou talvez fosse mentira...)

POR BAIXO DOS LARGOS FÍCUS...

Por baixo dos largos fícus
plantados à beira-mar,
em redor dos bancos frios
onde se deita o luar,
vão passando os varredores,
calados, a vassourar.

Diríeis que andam sonhando,
se assim os vísseis passar,
por seu calmo rosto branco,
sua boca sem falar,
– e por varrerem as flores
murchas, de verem amar.

E por varrerem os nomes
desenhados par a par,
no vão desejo dos homens,
na areia vã, de pisar...
– por varrerem os amores
que houve naquele lugar.

Visto de baixo, o arvoredo
é renda verde de luar,
desmanchada ao vento crespo
que à noite regressa ao mar.

Vão passando os varredores;
vão passando e vão varrendo
a terra, a lembrança, o tempo.

E, de momento em momento,
varrem seu próprio passar...

2º MOTIVO DA ROSA

A Mário de Andrade

Por mais que te celebre, não me escutas,
embora em forma e nácar te assemelhes
à concha soante, à musical orelha
que grava o mar nas íntimas volutas.

Deponho-te em cristal, defronte a espelhos,
sem eco de cisternas ou de grutas...
Ausências e cegueiras absolutas
ofereces às vespas e às abelhas,

e a quem te adora, ó surda e silenciosa,
e cega e bela e interminável rosa,
que em tempo e aroma e verso te transmutas!

Sem terra nem estrelas brilhas, presa
a meu sonho, insensível à beleza
que és e não sabes, porque não me escutas...

O TEMPO NO JARDIM

Nestes jardins – há vinte anos – andaram os nossos muitos passos,
e aqueles que então éramos se contemplaram nestes lagos.

Se algum de nós avistasse o que seríamos com o tempo,
todos nós choraríamos, de mútua pena e susto imenso.

E assim nos separamos, suspirando dias futuros,
e nenhum se atrevia a desvelar seus próprios mundos.

E agora que separados vivemos o que foi vivido,
com doce amor choramos quem fomos nesse tempo antigo.

BEIRA-MAR

Sou moradora das areias,
de altas espumas: os navios
passam pelas minhas janelas
como o sangue nas minhas veias,
como os peixinhos nos rios...

Não têm velas e têm velas;
e o mar tem e não tem sereias;
e eu navego e estou parada,
vejo mundos e estou cega,
porque isto é mal de família,
ser de areia, de água, de ilha...
E até sem barco navega
quem para o mar foi fadada.

Deus te proteja, Cecília,
que tudo é mar – e mais nada.

LEVEZA

Leve é o pássaro:
e a sua sombra voante,
mais leve.

E a cascata aérea
de sua garganta,
mais leve.

E o que lembra, ouvindo-se
deslizar seu canto,
mais leve.

E o desejo rápido
desse antigo instante,
mais leve.

E a fuga invisível
do amargo passante,
mais leve.

DESENHO

Fui morena e magrinha como qualquer polinésia,
e comia mamão, e mirava a flor da goiaba.
E as lagartixas me espiavam, entre os tijolos e as trepadeiras,
e as teias de aranha nas minhas árvores se entrelaçavam.

Isso era num lugar de sol e nuvens brancas,
onde as rolas, à tarde, soluçavam mui saudosas...
O eco, burlão, de pedra em pedra ia saltando,
entre vastas mangueiras que choviam ruivas horas.

Os pavões caminhavam tão naturais por meu caminho,
e os pombos tão felizes se alimentavam pelas escadas
que era desnecessário crescer, pensar, escrever poemas,
pois a vida completa e bela e terna ali já estava.

Como a chuva caía das grossas nuvens, perfumosa!
E o papagaio como ficava sonolento!
O relógio era festa de ouro; e os gatos enigmáticos
fechavam os olhos, quando queriam caçar o tempo.

Vinham morcegos, à noite, picar os sapotis maduros,
e os grandes cães ladravam como nas noites do Império.
Mariposas, jasmins, tinhorões, vaga-lumes
moravam nos jardins sussurrantes e eternos.

E minha avó cantava e cosia. Cantava
canções de mar e de arvoredo, em língua antiga.
E eu sempre acreditei que havia música em seus dedos
e palavras de amor em minha roupa escritas.

Minha vida começa num vergel colorido,
por onde as noites eram só de luar e estrelas.
Levai-me aonde quiserdes! – aprendi com as primaveras
a deixar-me cortar e a voltar sempre inteira.

PEDIDO

Armem a rede entre as estrelas,
para um descanso secular!
Os conhecidos – esquecê-los.
E os outros, nem imaginar.
Armem a rede!

Chamem o vento, um grande vento
aéreo leão, para amarrar
sua juba de esquecimento
a esta rede, entre Deus e o mar.
Chamem o vento!

Não falem nunca mais daquela
que oscila, invisível, pelo ar.
Não digam se foi triste ou bela
sua vocação de cantar!
Não falem nela.

MULHER AO ESPELHO

Hoje, que seja esta ou aquela,
pouco me importa.
Quero apenas parecer bela,
pois, seja qual for, estou morta.

Já fui loura, já fui morena,
já fui Margarida e Beatriz.
Já fui Maria e Madalena.
Só não pude ser como quis.

Que mal faz, esta cor fingida
do meu cabelo, e do meu rosto,
se tudo é tinta: o mundo, a vida,
o contentamento, o desgosto?

Por fora, serei como queira
a moda, que me vai matando.
Que me levem pele e caveira
ao nada, não me importa quando.

Mas quem viu, tão dilacerados,
olhos, braços e sonhos seus,
e morreu pelos seus pecados,
falará com Deus.

Falará, coberta de luzes,
do alto penteado ao rubro artelho.
Porque uns expiram sobre cruzes,
outros, buscando-se no espelho.

5º MOTIVO DA ROSA

Antes do teu olhar, não era,
nem será depois, – primavera.
Pois vivemos do que perdura,

não do que fomos. Desse acaso
do que foi visto e amado: – o prazo
do Criador na criatura...

Não sou eu, mas sim o perfume
que em ti me conserva e resume
o resto, que as horas consomem.

Mas não chores, que no meu dia,
há mais sonho e sabedoria
que nos vagos séculos do homem.

OS DIAS FELIZES

Os dias felizes estão entre as árvores, como os pássaros:
viajam nas nuvens,
correm nas águas,
desmancham-se na areia.

Todas as palavras são inúteis,
desde que se olha para o céu.

A doçura maior da vida
flui na luz do sol,
quando se está em silêncio.

Até os urubus são belos,
no largo círculo dos dias sossegados.

Apenas entristece um pouco
este ovo azul que as crianças apedrejaram:

formigas ávidas devoram
a albumina do pássaro frustrado.

Caminhávamos devagar,
ao longo desses dias felizes,
pensando que a Inteligência
era uma sombra da Beleza.

ELEGIA
1933-1937

À memória de Jacintha Garcia Benevides, minha avó

*... le sang de nos ancêtres qui forme avec le nôtre cette
chose sans équivalence qui d'ailleurs ne se répétera pas...*
    R. M. Rilke, Lettres à um jeune poète.

1

Minha primeira lágrima caiu dentro dos teus olhos.
Tive medo de a enxugar: para não saberes que havia caído.

No dia seguinte, estavas imóvel, na tua forma definitiva,
modelada pela noite, pelas estrelas, pelas minhas mãos.

Exalava-se de ti o mesmo frio do orvalho; a mesma claridade
[da lua.

Vi aquele dia levantar-se inutilmente para as tuas pálpebras,
e a voz dos pássaros e a das águas correr,
– sem que a recolhessem teus ouvidos inertes.

Onde ficou teu outro corpo? Na parede? Nos móveis? No
[teto?

Inclinei-me sobre o teu rosto, absoluta, como um espelho.
E tristemente te procurava.

Mas também isso foi inútil, como tudo mais.

2

Neste mês, as cigarras cantam
e os trovões caminham por cima da terra,
agarrados ao sol.
Neste mês, ao cair da tarde, a chuva corre pelas montanhas,
e depois a noite é mais clara,
e o canto dos grilos faz palpitar o cheiro molhado do chão.

Mas tudo é inútil,
porque os teus ouvidos estão secos como conchas vazias,
e a tua narina imóvel
não recebe mais notícia
do mundo que circula no vento.

Neste mês, sobre as frutas maduras cai o beijo áspero das vespas...
– e o arrulho dos pássaros encrespa a sombra,
como água que borbulha.

Neste mês, abrem-se cravos de perfume profundo e obscuro;
a areia queima, branca e seca,
junto ao mar lampejante:
de cada fronte desce uma lágrima de calor.

Mas tudo é inútil,
porque estás encostada à terra fresca,
e os teus olhos não buscam mais lugares
nesta paisagem luminosa,
e as tuas mãos não se arredondam já
para a colheita nem para a carícia.

Neste mês, começa o ano, de novo,

e eu queria abraçar-te.
Mas tudo é inútil:
eu e tu sabemos que é inútil que o ano comece.

3

Minha tristeza é não poder mostrar-te as nuvens brancas,
e as flores novas, como aroma em brasa,
com suas coroas crepitantes de abelhas.

Teus olhos sorririam,
agradecendo a Deus o céu e a terra:
eu sentiria teu coração feliz
como um campo onde choveu.

Minha tristeza é não poder acompanhar contigo
o desenho das pombas voantes,
o destino dos trens pelas montanhas,
e o brilho tênue de cada estrela
brotando à margem do crepúsculo.

Tomarias o luar nas tuas mãos,
fortes e simples como as pedras,
e dirias apenas: "Como vem tão clarinho!"

E nesse luar das tuas mãos se banharia a minha vida,
sem perturbar sua claridade,
mas também sem diminuir minha tristeza.

4

Escuto a chuva batendo nas folhas, pingo a pingo.
Mas há um caminho de sol entre as nuvens escuras.
E as cigarras sobre as resinas continuam cantando.

Tu percorrerias o céu com teus olhos nevoentos,
e calcularias o sol de amanhã,
e a sorte oculta de cada planta.

E amanhã descerias toda coberta de branco,
brilharias à luz como o sal e a cânfora,
mirarias os cravos, contentes com a chuva noturna,
tomarias na mão os frutos do limoeiro, tão verdes,
e entre o veludo da vinha, verias armar-se o cristal dos bagos.

E olharias o sol subindo ao céu com asas de fogo.
Tuas mãos e a terra secariam bruscamente.
Em teu rosto, como no chão,
haveria flores vermelhas abertas.

Dentro do teu coração, porém, estavam as fontes frescas,
sussurrando.
E os canteiros viam-te passar
como a nuvem mais branca do dia.

5

Um jardineiro desconhecido se ocupará da simetria
desse pequeno mundo em que estás.

Suas mãos vivas caminharão acima das tuas, em descanso,
das tuas que calculavam primaveras e outonos,
fechadas em sementes e escondidos na flor!

Tua voz sem corpo estará comandando,
entre terra e água,
o aconchego das raízes tenras,
a ordenação das pétalas nascentes.

À margem desta pedra que te cerca,
o rosto das flores inclinará sua narrativa:
história dos grandes luares,
crescimento e morte dos campos,
giros e músicas de pássaros,
arabescos de libélulas roxas e verdes.
Conversareis longamente,
em vossa linguagem inviolável.

Os anjos de mármore ficarão para sempre ouvindo:
que eles também falam em silêncio.

Mas a mim – se te chamar, se chorar – não me ouvirás,
por mais perto que venha, não sou mais que uma sombra
caminhando em redor de uma fortaleza.

Queria deixar-te aqui as imagens do mundo que amaste:
o mar com seus peixes e suas barcas;

os pomares com cestos derramados de frutos;
os jardins de malva e trevo, com seus perfumes brancos e
[vermelhos.

E aquela estrela maior, que a noite levava na mão direita.
E o sorriso de uma alegria que eu não tive,
mas te dava.

6

Tudo cabe aqui dentro:
vejo tua casa, tuas quintas de fruta,
as mulas deixando descarregarem seirões repletos,
e os cães de nomes antigos
ladrando majestosamente
para a noite aproximada.

Range a atafona sobre uma cantiga arcaica:
e os fusos ainda vão enrolando o fio
para a camisa, para a toalha, para o lençol.

Nesse fio vai o campo onde o vento saltou.
Vai o campo onde a noite deixou seu sono orvalhado.
Vai o sol com suas vestimentas de ouro
cavalgando esse imenso gavião do céu.

Tudo cabe aqui dentro:
teu corpo era um espelho pensante do universo.
E olhavas para essa imagem, clarividente e comovida.

Foi do barro das flores, o teu rosto terreno,
e uns liquens de noite sem luzes
se enrolaram em tua cabeça de deusa rústica.

Mas puseram-te numa praia de onde os barcos saíam
para perderem-se.
Então, teus braços se abriram,
querendo levar-te mais longe:
porque eras a que salvava.
E ficaste com um pouco de asas.

Teus olhos, porém, mediram a flutuação do caminho.
Por isso, tua testa se vincou de alto a baixo,
e tuas pálpebras meigas
se cobriram de cinza.

7

O crepúsculo é este sossego do céu
com suas nuvens paralelas
e uma última cor penetrando nas árvores
até os pássaros.

É esta curva dos pombos, rente aos telhados,
este cantar de galos e rolas, muito longe;
e, mais longe, o abrolhar de estrelas brancas,
ainda sem luz.

Mas não era só isto, o crepúsculo:
faltam os teus dois braços numa janela, sobre flores,
e em tuas mãos o teu rosto,
aprendendo com as nuvens a sorte das transformações.

Faltam teus olhos com ilhas, mares, viagens, povos,
tua boca, onde a passagem da vida
tinha deixado uma doçura triste,
que dispensava palavras.

Ah, falta o silêncio que estava entre nós,
e olhava a tarde, também.

Nele vivia o teu amor por mim,
obrigatório e secreto.
Igual à face da Natureza:
evidente, e sem definição.

Tudo em ti era uma ausência que se demorava:
uma despedida pronta a cumprir-se.

Sentindo-o, cobria minhas lágrimas com um riso doido.
Agora, tenho medo que não visses
o que havia por detrás dele.

Aqui está meu rosto verdadeiro,
defronte do crepúsculo que não alcançaste.
Abre o túmulo, e olha-me:
dize-me qual de nós morreu mais.

8

Hoje! Hoje de sol e bruma,
com este silencioso calor sobre as pedras e as folhas!

Hoje! Sem cigarras nem pássaros.
Gravemente. Altamente.
Com flores abafadas pelo caminho,
entre essas máscaras de bronze e mármore
no eterno rosto da terra.

Hoje.

Quanto tempo passou entre a nossa mútua espera!
Tu, paciente e inutilizada,
contando as horas que te desfaziam.
Meus olhos repetindo essas tuas horas heroicas,
no brotar e morrer desta última primavera
que te enfeitou.

Oh, a montanha de terra que agora vão tirando do teu peito!

Alegra-te, que aqui estou,
fiel, neste encontro,
como se do modo antigo vivesses
ou pudesses, com a minha chegada, reviver.

Alegra-te, que já se desprendem as tábuas que te fecharam,
como se desprendeu o corpo
em que aprendeste longamente a sofrer.

E, como o áspero ruído da pá cessou neste instante,
ouve o amplo e difuso rumor da cidade em que continuo,
– tu, que resides no tempo, no tempo unânime!

Ouve-o e relembra
não as estampas humanas: mas as cores do céu e da terra,
o calor do sol,
a aceitação das nuvens,
o grato deslizar das águas dóceis.
Tudo o que amamos juntas.
Tudo em que me dispersarei como te dispersaste.
E mais esse perfume de eternidade,
intocável e secreto,
que o giro do universo não perturba.

Apenas, não podemos correr, agora,
uma para a outra.

Não sofras, por não te poderes levantar
do abismo em que te reclinas:
não sofras, também,
se um pouco de choro se debruça nos meus olhos,
procurando-te.

Não te importes que escute cair,
no zinco desta humilde caixa,
teu crânio, tuas vértebras,
teus ossos todos, um por um...

Pés que caminhavam comigo,
mãos que me iam levando,
peito do antigo sono,
cabeça do olhar e do sorriso...

Não te importes. Não te importes...

Na verdade, tu vens como eu te queria inventar:
e de braço dado desceremos por entre pedras e flores.
Posso levar-te ao colo, também,
pois na verdade estás mais leve que uma criança.

– Tanta terra deixaste porém sobre o meu peito!
irás dizendo, sem queixa,
apenas como recordação.

E eu, como recordação, te direi:
– Pesaria tanto quanto o coração que tiveste,
o coração que herdei?

Ah, mas que palavras podem os vivos dizer aos mortos?

***

E hoje era o teu dia de festa!
Meu presente é buscar-te.
Não para vires comigo:
para te encontrares com os que, antes de mim,
vieste buscar, outrora.
Com menos palavras, apenas.
Com o mesmo número de lágrimas.
Foi lição tua chorar pouco,
para sofrer mais.

Aprendi-a demasiadamente.

Aqui estamos, hoje.
Com este dia grave, de sol velado.
De calor silencioso.
Todas as estátuas ardendo.
As folhas, sem um tremor.

Não tens fala, nem movimento nem corpo.
E eu te reconheço.

Ah, mas a mim, a mim,
quem sabe se me poderás reconhecer!

RETRATO NATURAL

APRESENTAÇÃO

Aqui está minha vida – esta areia tão clara
com desenhos de andar dedicados ao vento.

Aqui está minha voz – esta concha vazia,
sombra de som curtindo o seu próprio lamento.

Aqui está minha dor – este coral quebrado,
sobrevivendo ao seu patético momento.

Aqui está minha herança – este mar solitário,
que de um lado era amor e, do outro, esquecimento.

CANTARÃO OS GALOS

Cantarão os galos, quando morrermos,
e uma brisa leve, de mãos delicadas,
tocará nas franjas, nas sedas
mortuárias.

E o sono da noite irá transpirando
sobre as claras vidraças.

E os grilos, ao longe, serrarão silêncios,
talos de cristal, frios, longos ermos,
e o enorme aroma das árvores.

Ah, que doce lua verá nossa calma
face ainda mais calma que o seu grande espelho
de prata!

Que frescura espessa em nossos cabelos,
livres como os campos pela madrugada!

Na névoa da aurora,
a última estrela
subirá pálida.

Que grande sossego, sem falas humanas,
sem o lábio dos rostos de lobo,
sem ódio, sem amor, sem nada!

Como escuros profetas perdidos,
conversarão apenas os cães, pelas várzeas.
Fortes perguntas. Vastas pausas.

Nós estaremos na morte
com aquele suave contorno
de uma concha dentro d'água.

ELEGIA A UMA PEQUENA BORBOLETA

Como chegavas do casulo,
– inacabada seda viva! –
tuas antenas – fios soltos
da trama de que eras tecida,
e teus olhos, dois grãos da noite
de onde o teu mistério surgia,

como caíste sobre o mundo
inábil, na manhã tão clara,
sem mãe, sem guia, sem conselho,
e rolavas por uma escada
como papel, penugem, poeira,
com mais sonho e silêncio que asas,

minha mão tosca te agarrou
com uma dura, inocente culpa,
e é cinza de lua teu corpo,
meus dedos, sua sepultura.
Já desfeita e ainda palpitante,
expiras sem noção nenhuma.

Ó bordado do véu do dia,
transparente anêmona aérea!
não leves meu rosto contigo:
leva o pranto que te celebra,
no olho precário em que te acabas,
meu remorso ajoelhado leva!

Choro a tua forma violada,
miraculosa, alva, divina,

criatura de pólen, de aragem,
diáfana pétala da vida!
Choro ter pesado em teu corpo
que no estame não pesaria.

Choro esta humana insuficiência:
– a confusão dos nossos olhos,
– o selvagem peso do gesto,
– cegueira – ignorância – remotos
instintos súbitos – violências
que o sonho e a graça prostram mortos.

Pudesse a etéreos paraísos
ascender teu leve fantasma,
e meu coração penitente
ser a rosa desabrochada
para servir-te mel e aroma,
por toda a eternidade escrava!

E as lágrimas que por ti choro
fossem o orvalho desses campos,
– os espelhos que refletissem
– voo e silêncio – os teus encantos,
com a ternura humilde e o remorso
dos meus desacertos humanos!

VIGÍLIA

Como o companheiro é morto,
todos juntos morreremos
um pouco.

O valor de nossas lágrimas
sobre quem perdeu a vida,
não é nada.

Amá-lo, nesta tristeza,
é suspiro numa selva
imensa.

Por fidelidade reta
ao companheiro perdido,
que nos resta?

Deixar-nos morrer um pouco
por aquele que hoje vemos
todo morto.

BALADA DAS DEZ BAILARINAS DO CASSINO

Dez bailarinas deslizam
por um chão de espelho.
Têm corpos egípcios com placas douradas,
pálpebras azuis e dedos vermelhos.
Levantam véus brancos, de ingênuos aromas,
e dobram amarelos joelhos.

Andam as dez bailarinas
sem voz, em redor das mesas.
Há mãos sobre facas, dentes sobre flores
e os charutos toldam as luzes acesas.
Entre a música e a dança escorre
uma sedosa escada de vileza.

As dez bailarinas avançam
como gafanhotos perdidos.
Avançam, recuam, na sala compacta,
empurrando olhares e arranhando o ruído.
Tão nuas se sentem que já vão cobertas
de imaginários, chorosos vestidos.

As dez bailarinas escondem
nos cílios verdes as pupilas.
Em seus quadris fosforescentes,
passa uma faixa de morte tranquila.
Como quem leva para a terra um filho morto,
levam seu próprio corpo, que baila e cintila.

Os homens gordos olham com um tédio enorme
as dez bailarinas tão frias.
Pobres serpentes sem luxúria,
que são crianças, durante o dia.
Dez anjos anêmicos, de axilas profundas,
embalsamados de melancolia.

Vão perpassando como dez múmias,
as bailarinas fatigadas.
Ramo de nardos inclinando flores
azuis, brancas, verdes, douradas.
Dez mães chorariam, se vissem
as bailarinas de mãos dadas.

PÁSSARO

Aquilo que ontem cantava
já não canta.
Morreu de uma flor na boca:
não do espinho na garganta.

Ele amava a água sem sede,
e, em verdade,
tendo asas, fitava o tempo,
livre de necessidade.

Não foi desejo ou imprudência:
não foi nada.
E o dia toca em silêncio
a desventura causada.

Se acaso isso é desventura:
ir-se a vida
sobre uma rosa tão bela,
por uma tênue ferida.

CANÇÃO PÓSTUMA

Fiz uma canção para dar-te;
porém tu já estavas morrendo.
A Morte é um poderoso vento.
E é um suspiro tão tímido, a Arte...

É um suspiro tímido e breve
como o da respiração diária.
Choro de pomba. E a Morte é uma águia
cujo grito ninguém descreve.

Vim cantar-te a canção do mundo,
mas estás de ouvidos fechados
para os meus lábios inexatos,
– atento a um canto mais profundo.

E estou como alguém que chegasse
ao centro do mar, comparando
aquele universo de pranto
com a lágrima da sua face.

E agora fecho grandes portas
sobre a canção que chegou tarde.
E sofro sem saber de que Arte
se ocupam as pessoas mortas.

Por isso é tão desesperada
a pequena, humana cantiga.
Talvez dure mais do que a vida.
Mas à Morte não diz mais nada.

CANÇÃO

Não te fies do tempo nem da eternidade,
que as nuvens me puxam pelos vestidos,
que os ventos me arrastam contra o meu desejo!
Apressa-te, amor, que amanhã eu morro,
que amanhã morro e não te vejo!

Não demores tão longe, em lugar tão secreto,
nácar de silêncio que o mar comprime,
ó lábio, limite do instante absoluto!
Apressa-te, amor, que amanhã eu morro,
que amanhã morro e não te escuto!

Aparece-me agora, que ainda reconheço
a anêmona aberta na tua face
e em redor dos muros o vento inimigo...
Apressa-te, amor, que amanhã eu morro,
que amanhã morro e não te digo...

CANÇÃO DO AMOR-PERFEITO

O tempo seca a beleza,
seca o amor, seca as palavras.
Deixa tudo solto, leve,
desunido para sempre
como as areias nas águas.

O tempo seca a saudade,
seca as lembranças e as lágrimas.
Deixa algum retrato, apenas,
vagando seco e vazio
como estas conchas das praias.

O tempo seca o desejo
e suas velhas batalhas.
Seca o frágil arabesco,
vestígio do musgo humano,
na densa turfa mortuária.

Esperarei pelo tempo
com suas conquistas áridas.
Esperarei que te seque,
não na terra, Amor-Perfeito,
num tempo depois das almas.

IMPROVISO PARA NORMAN FRASER

O músico a meu lado come
o pequeno peixe prateado.

Percorre-lhe a pele brilhante,
abre-a, leve, de lado a lado.

Úmido deus de água e alabastro,
aparece o peixe despido.

E, como os deuses, pouco a pouco,
vai sendo pelo homem destruído.

Ah, mas que delicado culto,
que elegante, harmonioso trato

se pode dispensar a um peixe
como um deus exposto num prato!

Vinde ver, tiranos do mundo,
esta suprema gentileza

de comer! – que deixa perdoado
o gume da faca na mesa!

Em sua pele cintilante,
nítido, fino, íntegro, certo,

jaz o peixe, – ramo de espinhos
musicalmente descoberto.

Ó fim venturoso! Invejai-o,
corais, anêmonas, medusas!

Vede como era, além da carne,
frase secreta, em semifusas!

O CAVALO MORTO

Vi a névoa da madrugada
deslizar seus gestos de prata,
mover densidades de opala
naquele pórtico de sono.

Na fronteira havia um cavalo morto.

Grãos de cristal rolavam pelo
seu flanco nítido; e algum vento
torcia nas crinas pequeno,
leve arabesco, triste adorno,

– e movia a cauda ao cavalo morto.

As estrelas ainda viviam
e ainda não eram nascidas
ai! as flores daquele dia...
– mas era um canteiro o seu corpo:

um jardim de lírios, o cavalo morto.

Muitos viajantes contemplaram
a fluida música, a orvalhada
das grandes moscas de esmeralda
chegando em rumoroso jorro.

Adernava triste, o cavalo morto.

E viam-se uns cavalos vivos,
altos como esbeltos navios,
galopando nos ares finos,

com felizes perfis de sonho.

Branco e verde via-se o cavalo morto,

no campo enorme e sem recurso,
– e devagar girava o mundo
entre as suas pestanas, turvo
como em luas de espelho roxo.

Dava o sol nos dentes do cavalo morto.

Mas todos tinham muita pressa,
e não sentiram como a terra
procurava, de légua em légua,
o ágil, o imenso, o etéreo sopro
que faltava àquele arcabouço.

Tão pesado, o peito do cavalo morto!

DOZE NOTURNOS
DA HOLANDA

TRÊS

A noite não é simplesmente um negrume sem margens nem
[direções.
Ela tem sua claridade, seus caminhos, suas escadas, seus
[andaimes.
A grande construção da noite sobe das submarinas planícies
aos longos céus estrelados
em trapézios, pontes, vertiginosos parapeitos,
para obscuras contemplações e expectativas.

Então, a noite levava-me... – por altas casas, por súbitas ruas,
e sob cortinas fechadas estavam cabeças adormecidas,
e sob luzes pálidas havia mãos em morte,
e havia corpos abraçados, e imensos desejos diversos,
dúvidas, paixões, despedidas,
– mas tudo desprendido e fluido,
suspenso entre objetos e circunstâncias,
com destrezas de arco-íris e aço.

E os jogadores de xadrez avançavam cavalos e torres,
na extremidade da noite, entre cemitérios e campos...
– mas tudo involuntário e tênue –
enquanto as flores se modelavam e, na mesma obediência,
os rebanhos formavam leite, lã,
eternamente leite, lã, mugido imenso...
Enquanto os caramujos rodavam no torno vagaroso das ondas
e a folha amarela se desprendia, terminada: ar, suspiro, solidão.

A noite levava-me, às vezes, voando pelos muros do nevoeiro,
outras vezes, boiando pelos frios canais, com seus calados barcos
ou pisando a frágil turfa ou o lodo amargo.

E belas vozes ainda acordadas iam cantando casualmente.
E jovens lábios arriscavam perguntas sobre dolorosos assuntos.
Também os cães passavam com sua sombra, lúcidos e pensativos.
E figuras sem realidade extraviadas de domicílios,
atravessadas pela noite, pela hora, pela sorte,
flutuavam com saudade, esperando impossíveis encontros,
em que países, meu Deus, em que países além da terra,
ou da imaginação?

A noite levava-me tão alto
que os desenhos do mundo se inutilizavam.
Regressavam as coisas à sua infância e ainda mais longe,
devolvidas a uma pureza total, a uma excelsa clarividência.

E tudo queria ser novamente. Não o que era, nem o que fora,
– o que devia ser, na ordem da vida imaculada.
E tudo talvez não pensasse: porém docemente sofria.

Abraçava-me à noite e pedia-lhe outros sinais, outras certezas:
a noite fala em mil linguagens, promiscuamente.

E passava-se pelo mar, em sua profunda sepultura.
E um grande pasmo de lágrimas preparava palavras e sonhos,
essas vastas nuvens que os homens buscam...

OITO

Quem tem coragem de perguntar, na noite imensa?
E que valem as árvores, as casas, a chuva, o pequeno
[transeunte?

Que vale o pensamento humano,
esforçado e vencido,
na turbulência das horas?

Que vale a conversa apenas murmurada,
a erma ternura, os delicados adeuses?

Que valem as pálpebras da tímida esperança,
orvalhadas de trêmulo sal?

O sangue e a lágrima são pequenos cristais sutis,
no profundo diagrama.
E o homem tão inutilmente pensante e pensado
só tem a tristeza para distingui-lo.

Porque havia nas úmidas paragens
animais adormecidos, com o mesmo mistério humano:
grandes como pórticos, suaves como veludo,
mas sem lembranças históricas,
sem compromissos de viver.

Grandes animais sem passado, sem antecedentes,
puros e límpidos,
apenas com o peso do trabalho em seus poderosos flancos
e noções de água e de primavera nas tranquilas narinas
e na seda longa das crinas desfraldadas.

Mas a noite desmanchava-se no oriente,
cheia de flores amarelas e vermelhas.
E os cavalos erguiam, entre mil sonhos vacilantes,
erguiam no ar a vigorosa cabeça,
e começavam a puxar as imensas rodas do dia.

Ah! o despertar dos animais no vasto campo!
Este sair do sono, este continuar da vida!
O caminho que vai das pastagens etéreas da noite,
ao claro dia da humana vassalagem!

DOZE

Sem podridão nenhuma, jazerá um afogado
nos canais de Amsterdão.

Quem passar entre as casas triangulares,
quem descer estas breves escadas,
quem subir para as barcas oscilantes,
repetirá perplexo:
"Há um claro afogado nos canais de Amsterdão".

É um pálido afogado, sem palavras nem datas,
sem crime nem suicídio, um lírico afogado,
com os olhos de cristal repletos de horizontes móveis,
e os longínquos ouvidos recordando na água trêmula
realejos grandes como altares,
festivos carrilhões,
mansos campos de flores.

Sem podridão nenhuma,
jazerá um afogado nos canais de Amsterdão.

Os lapidários podem vir mirar seus olhos:
não houve esmeralda assim, nem diamante, nem ditosa safira.
Mas ninguém pode tocar nesses olhos transparentes,
que se tornariam viscosos e opacos, fora desse descanso
onde encantados cintilam.

Poderão os profetas vir mirar seus finos vestidos:
bordados de mil desenhos comuns e desconhecidos;
ah! seus vestidos de água, com todas as miragens do mundo,
seus tênues vestidos como não há nos museus, nos palácios

nem nas sinagogas...
Mas não se pode tocar nesse ouro, nessa prata,
nessa resplandecente seda:
pois apenas se encontraria limo, areia, lodo.
Porque a morte é que o veste dessa maneira gloriosa,
a morte que o guarda nos braços como um belo defunto sagrado.

Sem podridão nenhuma, jazerá um afogado
nos canais de Amsterdão.

Para sempre jazerá, e quem quiser pode vir vê-lo,
com seus cabelos estrelados,
com suas brandas mãos flutuantes, livres de tudo,
sem qualquer posse,
com sua boca de sorriso outonal, cor de libélula,
e o coração luminoso e imóvel, detido como grande joia,
como o nácar mutável, pela inclinação das horas.

Todo o mundo o verá, com lua, com chuva, com escuridão,
navegar nos canais, recostado em sua própria leveza e claridade.

Sem podridão nenhuma,
jazerá um afogado nos canais de Amsterdão.

E eu sei quando ele caiu nessas águas dolentes.
Eu vi quando ele começou a boiar por esses líquidos caminhos.
Eu me debrucei para ele, da borda da noite,
e falei-lhe sem palavras nem ais,
e ele me respondia tão docemente,
que era felicidade esse profundo afogamento,

e tudo ficou para sempre numa divina aquiescência
entre a noite, a minha alma e as águas.

Sem podridão nenhuma, jazerá um afogado
nos canais de Amsterdão.

Não há nada que se possa cantar em sua memória:
qualquer suspiro seria uma nuvem, sobre essa nitidez.

O AERONAUTA

UM

Agora podeis tratar-me
como quiserdes:
não sou feliz nem sou triste,
humilde nem orgulhoso,
– não sou terrestre.

Agora sei que este corpo,
insuficiente, em que assiste
remota fala,
mui docemente se perde
nos ares, como o segredo
que a vida exala.

E seu destino é ir mais longe,
tão longe, enfim, como a exata
alma, por onde
se pode ser livre e isento,
sem atos além do sonho,
dono de nada,

mas sem desejo e sem medo,
e entre os acontecimentos
tão sossegado!
Agora podeis mirar-me
enquanto eu próprio me aguardo,
pois volto e chego,

por muito que surpreendido
com os seus encontros na terra
seja o Aeronauta.

OITO

Ó linguagem de palavras
longas e desnecessárias!
Ó tempo lento
de malbaratado vento
nessas desordens amargas
do pensamento...

Vou-me pelas altas nuvens
onde os momentos se fundem
numa serena
ausência feliz e plena,
liso campo sem paludes
de febre ou pena.

Por adeuses, por suspiros,
no território dos mitos,
fica a memória
mirando a forma ilusória
dos precipícios
da humana e mortal história.

E agora podeis tratar-me
como quiserdes, – que é tarde,
que a minha vida,
de chegada e de partida,
volta ao rodízio dos ares,
sem despedida.

Por mais que seja querida,
há menos felicidade
na volta, do que na ida.

ONZE

Com desprezo ou com ternura,
podereis tratar-me, agora.
Tudo vos digo:
chorais o que não se chora.
E os olhos guardais esquivos
ao que a vida mais procura,
por eterno compromisso.

Sob o vosso julgamento,
com o meu segredo
tão sem mistério,
tão no rosto desenhado,
paro como um condenado.
E logo volto.
Subo ao meu doce degredo.

Como exígua lançadeira,
vou sendo o que melhor posso
de novo e antigo,
do que é meu e do que é vosso,
dos mortos como dos vivos,
por salvar a vida inteira,
que me tem a seu serviço.

E agora podeis seguir-me,
sem mais tormento,
sem mais perguntas.
Tudo é tão longe e tão firme!
Além da estrela e do vento
passa o Aeronauta
com sua mitologia.

Não clameis por sua sorte!
Tanto é noite quanto é dia.
E vida e morte.

ROMANCEIRO DA INCONFIDÊNCIA

CENÁRIO

Passei por essas plácidas colinas
e vi das nuvens, silencioso, o gado
pascer nas solidões esmeraldinas.

Largos rios de corpo sossegado
dormiam sobre a tarde, imensamente,
– e eram sonhos sem fim, de cada lado.

Entre nuvens, colinas e torrente,
uma angústia de amor estremecia
a deserta amplidão na minha frente.

Que vento, que cavalo, que bravia
saudade me arrastava a esse deserto,
me obrigava a adorar o que sofria?

Passei por entre as grotas negras, perto
dos arroios fanados, do cascalho
cujo ouro já foi todo descoberto.

As mesmas salas deram-me agasalho
onde a face brilhou de homens antigos,
iluminada por aflito orvalho.

De coração votado a iguais perigos,
vivendo as mesmas dores e esperanças,
a voz ouvi de amigos e inimigos.

Vencendo o tempo, fértil em mudanças,
conversei com doçura as mesmas fontes,
e vi serem comuns nossas lembranças.

Da brenha tenebrosa aos curvos montes,
do quebrado almocafre aos anjos de ouro
que o céu sustêm nos longos horizontes,

tudo me fala e entende do tesouro
arrancado a estas Minas enganosas,
com sangue sobre a espada, a cruz e o louro.

Tudo me fala e entendo: escuto as rosas
e os girassóis destes jardins, que um dia
foram terras e areias dolorosas,

por onde o passo da ambição rugia;
por onde se arrastava, esquartejado,
o mártir sem direito de agonia.

Escuto os alicerces que o passado
tingiu de incêndio: a voz dessas ruínas
de muros de ouro em fogo evaporado.

Altas capelas contam-me divinas
fábulas. Torres, santos e cruzeiros
apontam-me altitudes e neblinas.

Ó pontes sobre os córregos! ó vasta
desolação de ermas, estéreis serras
que o sol frequenta e a ventania gasta!

*Rubras, cinéreas, tenebrosas terras
retalhadas, por grandes golpes duros,
de infatigáveis, seculares guerras...*

*Tudo me chama: a porta, a escada, os muros,
as lajes sobre mortos ainda vivos,
dos seus próprios assuntos inseguros.*

*Assim viveram chefes e cativos,
um dia, neste campo, entrelaçados
na mesma dor, quiméricos e altivos.*

*E assim me acenam por todos os lados.
Porque a voz que tiveram ficou presa
na sentença dos homens e dos fados.*

*Cemitério das almas... – que tristeza
nutre as papoulas de tão vaga essência?
(Tudo é sombra de sombras, com certeza...*

*O mundo, vaga e inábil aparência,
que se perde nas lápides escritas,
sem qualquer consistência ou consequência.*

*Vão-se as datas e as letras eruditas
na pedra e na alma, sob etéreos ventos,
em lúcidas venturas e desditas.*

*E são todas as coisas uns momentos
de perdulária fantasmagoria,
– jogo de fugas e aparecimentos.)*

*Das grotas de ouro à extrema escadaria,
por asas de memória e de saudade,
com o pó do chão meu sonho confundia.*

*Armado pó que finge eternidade,
lavra imagens de santos e profetas
cuja voz silenciosa nos persuade.*

*E recompunha as coisas incompletas:
figuras inocentes, vis, atrozes,
vigários, coronéis, ministros, poetas.*

*Retrocedem os tempos tão velozes,
que ultramarinos árcades pastores
falam de Ninfas e Metamorfoses.*

*E percebo os suspiros dos amores
quando por esses prados florescentes
se ergueram duros punhos agressores.*

*Aqui tiniram ferros de correntes;
pisaram por ali tristes cavalos.
E enamorados olhos refulgentes*

*— parado o coração por escutá-los —
prantearam nesse pânico de auroras
densas de brumas e gementes galos.*

*Isabéis, Doroteias, Eliodoras,
ao longo desses vales, desses rios,
viram as suas mais douradas horas*

em vasto furacão de desvarios
vacilar como em caules de altas velas
cálida luz de trêmulos pavios.

Minha sorte se inclina junto àquelas
vagas sombras da triste madrugada,
fluidos perfis de donas e donzelas.

Tudo em redor é tanta coisa e é nada:
Nise, Anarda, Marília... – quem procuro?
Quem responde a essa póstuma chamada?

Que mensageiro chega, humilde e obscuro?
Que cartas se abrem? Quem reza ou prajugeia?
Quem foge? Entre que sombras me aventuro?

Que soube cada santo em cada igreja?
A memória é também pálida e morta
sobre a qual nosso amor saudoso adeja.

O passado não abre a sua porta
e não pode entender a nossa pena.
Mas, nos campos sem fim que o sonho corta,

vejo uma forma no ar subir serena:
vaga forma, do tempo desprendida.
É a mão do Alferes, que de longe acena.

Eloquência da simples despedida:
"Adeus! que trabalhar vou para todos!..."

(Esse adeus estremece a minha vida.)

ROMANCE XXI OU DAS IDEIAS

A vastidão desses campos.
A alta muralha das serras.
As lavras inchadas de ouro.
Os diamantes entre as pedras.
Negros, índios e mulatos.
Almocafres e gamelas.

Os rios todos virados.
Toda revirada, a terra.
Capitães, governadores,
padres, intendentes, poetas.
Carros, liteiras douradas,
cavalos de crina aberta.
A água a transbordar das fontes.
Altares cheios de velas.
Cavalhadas. Luminárias.
Sinos. Procissões. Promessas.
Anjos e santos nascendo
em mãos de gangrena e lepra.
Finas músicas broslando
as alfaias das capelas.
Todos os sonhos barrocos
deslizando pelas pedras.
Pátios de seixos. Escadas.
Boticas. Pontes. Conversas.
Gente que chega e que passa.
E as ideias.

Amplas casas. Longos muros.
Vida de sombras inquietas.
Pelos cantos das alcovas,
histerias de donzelas.
Lamparinas, oratórios,
bálsamos, pílulas, rezas.
Orgulhosos sobrenomes.
Intricada parentela.
No batuque das mulatas,
a prosápia degenera:
pelas portas dos fidalgos,
na lã das noites secretas,
meninos recém-nascidos
como mendigos esperam.
Bastardias. Desavenças.
Emboscadas pela treva.
Sesmarias. Salteadores.
Emaranhadas invejas.
O clero. A nobreza. O povo.
E as ideias.

E as mobílias de cabiúna.
E as cortinas amarelas.
D. José. D. Maria.
Fogos. Mascaradas. Festas.
Nascimentos. Batizados.
Palavras que se interpretam
nos discursos, nas saúdes...
Visitas. Sermões de exéquias.

Os estudantes que partem.
Os doutores que regressam.
(Em redor das grandes luzes,
há sempre sombras perversas.
Sinistros corvos espreitam
pelas douradas janelas.)
E há mocidade! E há prestígio.
E as ideias.

As esposas preguiçosas
na rede embalando as sestas.
Negras de peitos robustos
que os claros meninos cevam.
Arapongas, papagaios,
passarinhos da floresta.
Essa lassidão do tempo
entre embaúbas, quaresmas,
cana, milho, bananeiras
e a brisa que o riacho encrespa.
Os rumores familiares
que a lenta vida atravessam:
elefantíases; partos;
sarna; torceduras; quedas;
sezões; picadas de cobras;
sarampos e erisipelas...
Candombeiros. Feiticeiros.
Unguentos. Emplastos. Ervas.
Senzalas. Tronco. Chibata.
Congos. Angolas. Benguelas.

Ó imenso tumulto humano!
E as ideias.

Banquetes. Gamão. Notícias.
Livros. Gazetas. Querelas.
Alvarás. Decretos. Cartas.
A Europa a ferver em guerras.
Portugal todo de luto:
triste Rainha o governa!
Ouro! Ouro! Pedem mais ouro!
E sugestões indiscretas:
tão longe o trono se encontra!
Quem no Brasil o tivera!
Ah, se D. José II
põe a coroa na testa!
Uns poucos de americanos,
por umas praias desertas,
já libertaram seu povo
da prepotente Inglaterra!
Washington. Jefferson. Franklin.
(Palpita a noite, repleta
de fantasmas, de presságios...)
E as ideias.

Doces invenções da Arcádia!
Delicada primavera:
pastoras, sonetos, liras,
– entre as ameaças austeras
de mais impostos e taxas

que uns protelam e outros negam.
Casamentos impossíveis.
Calúnias. Sátiras. Essa
paixão da mediocridade
que na sombra se exaspera.
E os versos de asas douradas,
que amor trazem e amor levam...
Anarda. Nise. Marília...
As verdades e as quimeras.
Outras leis, outras pessoas.
Novo mundo que começa.
Nova raça. Outro destino.
Plano de melhores eras.
E os inimigos atentos,
que, de olhos sinistros, velam.
E os aleives. E as denúncias.
E as ideias.

ROMANCE LIII OU DAS PALAVRAS AÉREAS

Ai, palavras, ai, palavras,
que estranha potência, a vossa!
Ai, palavras, ai, palavras,
sois de vento, ides no vento,
no vento que não retorna,
e, em tão rápida existência,
tudo se forma e transforma!

Sois de vento, ides no vento,
e quedais, com sorte nova!

Ai, palavras, ai, palavras,
que estranha potência, a vossa!
Todo o sentido da vida
principia à vossa porta;
o mel do amor cristaliza
seu perfume em vossa rosa;
sois o sonho e sois a audácia,
calúnia, fúria, derrota...

A liberdade das almas,
ai! com letras se elabora...
E dos venenos humanos
sois a mais fina retorta:
frágil, frágil como o vidro
e mais que o aço poderosa!
Reis, impérios, povos, tempos,
pelo vosso impulso rodam...

Detrás de grossas paredes,
de leve, quem vos desfolha?
Pareceis de tênue seda,
sem peso de ação nem de hora...
– e estais no bico das penas,
– e estais na tinta que as molha,
– e estais nas mãos dos juízes,
– e sois o ferro que arrocha,
– e sois barco para o exílio,
– e sois Moçambique e Angola!

Ai, palavras, ai, palavras,
íeis pela estrada afora,
erguendo asas muito incertas,
entre verdade e galhofa,
desejos do tempo inquieto,
promessas que o mundo sopra...

Ai, palavras, ai, palavras,
mirai-vos: que sois, agora?

– Acusações, sentinelas,
bacamarte, algema, escolta;
– o olho ardente da perfídia,
a velar, na noite morta;
– a umidade dos presídios,
– a solidão pavorosa;
– duro ferro de perguntas,
com sangue em cada resposta;

— e a sentença que caminha,
— e a esperança que não volta,
— e o coração que vacila,
— e o castigo que galopa...

Ai, palavras, ai, palavras,
que estranha potência, a vossa!
Perdão podíeis ter sido!
— sois madeira que se corta,
— sois vinte degraus de escada,
— sois um pedaço de corda...
— sois povo pelas janelas,
cortejo, bandeiras, tropa...

Ai, palavras, ai, palavras,
que estranha potência, a vossa!
Éreis um sopro na aragem...
— sois um homem que se enforca!

ROMANCE LXXXIV OU DOS CAVALOS DA INCONFIDÊNCIA

Eles eram muitos cavalos,
ao longo dessas grandes serras,
de crinas abertas ao vento,
a galope entre águas e pedras.
Eles eram muitos cavalos,
donos dos ares e das ervas,
com tranquilos olhos macios,
habituados às densas névoas,
aos verdes prados ondulosos,
às encostas de árduas arestas,
à cor das auroras nas nuvens,
ao tempo de ipês e quaresmas.

Eles eram muitos cavalos
nas margens desses grandes rios
por onde os escravos cantavam
músicas cheias de suspiros.
Eles eram muitos cavalos
e guardavam no fino ouvido
o som das catas e dos cantos,
a voz de amigos e inimigos,
– calados, ao peso da sela,
picados de insetos e espinhos,
desabafando o seu cansaço
em crepusculares relinchos.

Eles eram muitos cavalos,
– rijos, destemidos, velozes –

entre Mariana e Serro Frio,
Vila Rica e Rio das Mortes.
Eles eram muitos cavalos,
transportando no seu galope
coronéis, magistrados, poetas,
furriéis, alferes, sacerdotes.
E ouviam segredos e intrigas,
e sonetos e liras e odes:
testemunhas sem depoimento,
diante de equívocos enormes.

Eles eram muitos cavalos,
entre Mantiqueira e Ouro Branco,
desmanchando o xisto nos cascos,
ao sol e à chuva, pelos campos,
levando esperanças, mensagens,
transmitidas de rancho em rancho.
Eles eram muitos cavalos,
entre sonhos e contrabandos,
alheios às paixões dos donos,
pousando os mesmos olhos mansos
nas grotas, repletas de escravos,
nas igrejas, cheias de santos.

Eles eram muitos cavalos:
e uns viram correntes e algemas,
outros, o sangue sobre a forca,
outros, o crime e as recompensas.
Eles eram muitos cavalos:

e alguns foram postos à venda,
outros ficaram nos seus pastos,
e houve uns que, depois da sentença,
levaram o Alferes cortado
em braços, pernas e cabeça.
E partiram com sua carga
na mais dolorosa inocência.

Eles eram muitos cavalos.
E morreram por esses montes,
esses campos, esses abismos,
tendo servido a tantos homens.
Eles eram muitos cavalos,
mas ninguém mais sabe os seus nomes,
sua pelagem, sua origem...
E iam tão alto, e iam tão longe!
E por eles se suspirava,
consultando o imenso horizonte!
– Morreram seus flancos robustos,
que pareciam de ouro e bronze.

Eles eram muitos cavalos.
E jazem por aí, caídos,
misturados às bravas serras,
misturados ao quartzo e ao xisto,
à frescura aquosa das lapas,
ao verdor do trevo florido.
E nunca pensaram na morte.
E nunca souberam de exílios.

Eles eram muitos cavalos,
cumprindo seu duro serviço.
A cinza de seus cavaleiros
neles aprendeu tempo e ritmo,
e a subir aos picos do mundo...
e a rolar pelos precipícios...

PISTOIA, CEMITÉRIO MILITAR BRASILEIRO

Eles vieram felizes, como
para grandes jogos atléticos:
com um largo sorriso no rosto,
com forte esperança no peito,
– porque eram jovens e eram belos.

Marte, porém, soprava fogo
por estes campos e estes ares.
E agora estão na calma terra,
sob estas cruzes e estas flores,
cercados por montanhas suaves.

São como um grupo de meninos
num dormitório sossegado,
com lençóis de nuvens imensas,
e um longo sono sem suspiros,
de profundíssimo cansaço.

Suas armas foram partidas
ao mesmo tempo que seu corpo.
E, se acaso sua alma existe,
com melancolia recorda
o entusiasmo de cada morto.

Este cemitério tão puro
é um dormitório de meninos:
e as mães de muito longe chamam,
entre as mil cortinas do tempo,
cheias de lágrimas, seus filhos.

Chamam por seus nomes, escritos
nas placas destas cruzes brancas.
Mas, com seus ouvidos quebrados,
com seus lábios gastos de morte,
que hão de responder estas crianças?

E as mães esperam que ainda acordem,
como foram, fortes e belos,
depois deste rude exercício,
desta metralha e deste sangue,
destes falsos jogos atléticos.

Entretanto, céu, terra, flores,
é tudo horizontal silêncio.
O que foi chaga, é seiva e aroma,
– do que foi sonho, não se sabe –
e a dor anda longe, no vento...

CANÇÕES

Venturosa de sonhar-te,
à minha sombra me deito.
(Teu rosto, por toda parte,
mas, amor, só no meu peito!)

– Barqueiro, que céu tão leve!
Barqueiro, que mar parado!
Barqueiro, que enigma breve,
o sonho de ter amado!

Em barca de nuvens sigo:
e o que vou pagando ao vento
para levar-te comigo
é suspiro e pensamento.

– Barqueiro, que doce instante!
Barqueiro, que instante imenso,
não do amado nem do amante:
mas de amar o amor que penso!

Há um nome que nos estremece,
como quando se corta a flor
e a árvore se torce e padece.

Há um nome que alguém pronuncia
sem qualquer alegria ou dor,
e que em nós, é dor e alegria.

Um nome que brilha e que passa,
que nos corta em puro esplendor,
que nos deixa em cinza e desgraça.

Nele se acaba a nossa vida,
porque é o nome total do amor
em forma obscura e dolorida.

Há um nome levado no vento.
Palavra. Pequeno rumor
entre a eternidade e o momento.

Por que nome chamaremos
quando nos sentirmos pálidos
sobre os abismos supremos?

De que rosto, olhar, instante,
veremos brilhar as âncoras
para as mãos agonizantes?

Que salvação vai ser essa,
com tão fortes asas súbitas,
na definitiva pressa?

Ó grande urgência do aflito!
Ecos de misericórdia
procuram lágrima e grito,

– andam nas ruas do mundo,
pondo sedas de silêncio
em lábios de moribundo.

De que são feitos os dias?
– De pequenos desejos,
vagarosas saudades,
silenciosas lembranças.

Entre mágoas sombrias,
momentâneos lampejos:
vagas felicidades,
inatuais esperanças.

De loucuras, de crimes,
de pecados, de glórias,
– do medo que encadeia
todas essas mudanças.

Dentro deles vivemos,
dentro deles choramos,
em duros desenlaces
e em sinistras alianças...

Dos campos do Relativo
escapei.
Se perguntam como vivo,
que direi?

De um salto firme e tremendo,
– tão de além! –
chega-se onde estou vivendo
sem ninguém.

Gostava de estar contigo:
mas fugi.
Hoje, o que sonho, consigo,
já sem ti.

Verei, como quem sempre ama,
que te vais.
Não se volta, não se chama
nunca mais.

Os campos do Relativo
serão teus.
Se perguntam como vivo?
– De adeus.

METAL ROSICLER

1

Não perguntavam por mim,
mas deram por minha falta.
Na trama da minha ausência,
inventaram tela falsa.

Como eu andava tão longe,
numa aventura tão larga,
entregue à metamorfose
do tempo fluido das águas;
como descera sozinho
os degraus da espuma clara,
e o meu corpo era silêncio
e era mistério minha alma,
– cantou-se a fábula incerta,
segundo a linguagem da harpa:
mas a música é uma selva
de sal e areia na praia,
um arabesco de cinza
que ao vento do mar se apaga.

E o meu caminho começa
nessa franja solitária,
no limite sem vestígio,
na translúcida muralha
que opõem o sonho vivido
e a vida apenas sonhada.

23

Chovem duas chuvas:
de água e de jasmins
por estes jardins
de flores e nuvens.

Sobem dois perfumes
por estes jardins:
de terra e jasmins,
de flores e chuvas.

E os jasmins são chuvas
e as chuvas, jasmins,
por estes jardins
de perfume e nuvens.

POEMAS ESCRITOS NA ÍNDIA

MÚSICA

Ia tão longe aquela música, Bhai!
E o luar brilhava. Mas por mais que o luar brilhasse,
não se sabia quem tocava e em que lugar.

Pelos degraus daquela música, Bhai,
podia-se ir além do mundo, além das formas,
e do arabesco das estrelas pelo céu.

Quem tocaria pela solidão, Bhai,
na clara noite – toda azul como o deus Krishna –
alheio a tudo, reclinado contra o mar!

Ia tão longe a tênue música, Bhai!
E era no entanto uma pequena melodia
tímida, triste, em dois ou três límpidos sons.

Tão frágil sopro em flauta rústica, Bhai!
– como o da vida em nossos lábios provisórios...
– amor? queixume, pensamento? – nomes no ar...

Ele tocava sem saber que ouvido, Bhai,
podia haver acompanhando esse momento
da sua rápida presença em frágil voz.

E ia tão longe aquela música, Bhai!
Com quem falava, entre a água e a noite? e que dizia?
(Da vida à morte, que dizemos, Bhai, e a quem?)

PRAIA DO FIM DO MUNDO

Neste lugar só de areia,
já não terra, ainda não mar,
poderíamos cantar.

Ó noite, solidão, bruma,
país de estrelas sem voz,
que cantaremos nós?

As sombras nossas na praia
podem ser noite e ser mar,
pelo ar e pela água andar.

Mas o canto, mas o sonho,
de que modo encontrarão
o que não é vão?

Cantemos, porém, amigos,
neste impossível lugar
que não é terra nem mar:

na praia do fim do mundo
que não guardará de nós
sombra nem voz.

SOLOMBRA

SOLOMBRA

O gosto da Beleza em meu lábio descansa:
breve pólen que um vento próximo procura,
bravo mar de vitória – ah, mas istmos de sal!

Eu – fantasma – que deixo os litorais humanos,
sinto o mundo chorar como em língua estrangeira:
eu sei de outra esperança: eu conheço outra dor.

Apenas alta noite algum radioso espelho
em sua lâmina reflete o que estou sendo.
E em meu assombro nem conheço o próprio olhar.

Alta é a alucinação da provada Beleza.
Pura e ardente, esta angústia. E perfeita, a agonia.
Eu, que a contemplo, vejo um fim que não tem fim.

Dunas da noite que se amontoam.

Eu sou essa pessoa a quem o vento chama,
a que não se recusa a esse final convite,
em máquinas de adeus, sem tentação de volta.

Todo horizonte é um vasto sopro de incerteza.
Eu sou essa pessoa a quem o vento leva:
já de horizontes libertada, mas sozinha.

Se a Beleza sonhada é maior que a vivente,
dizei-me: não quereis ou não sabeis ser sonho?
Eu sou essa pessoa a quem o vento rasga.

Pelos mundos do vento, em meus cílios guardadas
vão as medidas que separam os abraços.
Eu sou essa pessoa a quem o vento ensina:

"Agora és livre, se ainda recordas".

Quero roubar à morte esses rostos de nácar,
esses corais da aurora, esses véus de safira,
e antes que em mim também se acabe o céu das pálpebras.

Roubo a seta que vi passar sobre os meus cílios,
– agora que o ar descai no espaço atravessado,
e antes que em mim também se acabe o céu das pálpebras.

E por dias sem fim, na imprevista memória
que o sonho lavra em pedras negras e rebeldes,
estranhas cenas brilharão, vastas e tímidas.

Este era o acaso a que serviram minhas lágrimas?
Esta era a doce escravidão da minha vida?
Isto era toda a tua glória – este resíduo?

E à morte roubo minha alma, apenas?

Dizei-me vosso nome! Acendei vossa ausência!
Contai-me o vosso tempo e o coração que tínheis!
De que matéria é feito o passado infrutífero?

Que lírico arquiteto arma longos compassos
para a curva celeste a que os homens se negam?
Dizei-me onde é que estais, em que frágil crepúsculo!

Minha pena é maior que o silêncio da vida.
Não sei se tudo entendo: e nada mais pergunto.
Assisto – amarga: recordando-me e esquecendo-me.

Quem fostes vós? Quem sois? Quem vimos, nos lugares
da vossa antiga sombra? E por quem procuramos?
Que pretendem concluir impossíveis diálogos?

Longe passamos. Todos sozinhos.

POEMAS III

POEMAS III

URNAS E BRISAS

Entre estas urnas tão claras e lisas,
escolherei a das minhas cinzas,

embora me pareça que as brisas
são urnas mais claras, mais lisas, mais finas,

e levem mais longe essas leves cinzas
que restarem de tão breves ruínas...

1963

CANTAR DE VERO AMOR

A Heitor Grillo

Assim aos poucos vai sendo levada
a tua Amiga, a tua Amada!

E assim de longe ouvirás a cantiga
da tua Amada, da tua Amiga.

Abrem-se os olhos – e é de sombra a estrada
para chegar-se à Amiga, à Amada!

Fecham-se os olhos – e eis a estrada antiga,
a que levaria à Amada, à Amiga.

(Se me encontrares novamente, nada
te faça esquecer a Amiga, a Amada!

Se te encontrar, pode ser que eu consiga
ser para sempre a Amada Amiga!)

II

E assim aos poucos vai sendo levada
a tua Amiga, a tua Amada!

E talvez apenas uma estrelinha siga
a tua Amada, a tua Amiga.

Para muito longe vai sendo levada,
desfigurada e transfigurada,

sem que ela mesma já não consiga
dizer que era a tua profunda Amiga,

sem que possa ouvir o que tua alma brada:
que era a tua Amiga e que era a tua Amada.

Ah! do que se disse nada mais se diga!
Vai-se a tua Amada – vai-se a tua Amiga!

Ah! do que era tanto não resta mais nada...
Mas houve essa Amiga! Mas houve essa Amada!

São Paulo, janeiro, 1964

VOO

A Darcy Damasceno

Alheias e nossas
as palavras voam.
Bando de borboletas multicores,
as palavras voam.
Bando azul de andorinhas,
bando de gaivotas brancas,
as palavras voam.
Voam as palavras
como águias imensas.
Como escuros morcegos
como negros abutres,
as palavras voam.

Oh! alto e baixo
em círculos e retas,
acima de nós, em redor de nós
as palavras voam.

E às vezes pousam.

Abril, 1964

POEMAS ITALIANOS

DISCURSO AO IGNOTO ROMANO

Não está no mármore o teu nome.
Nem teu perfil nem tua face
nada revelam do que foste.
Sabemos só que padeceste,
como acontece a qualquer homem;
que foste vivo e contemplaste
o que jaz entre a alma e o horizonte,
e, com as grandes estrelas, viste
os vácuos do céu, na alta noite.
Cresceste como o bicho e a planta:
– mas sabendo que há amor e morte.
Houve um pensamento pousado
entre as rugas da tua fronte
e, dos teus olhos aos teus lábios,
vê-se da lágrima o recorte.

Por que foi talhado o teu rosto
nessa pedra pálida e suave,
ninguém se lembra. E as mãos que andaram
nessa escultura, ninguém sabe.
Poderoso foste? Do mundo
que desejaste? que alcançaste?
Na raiz das tuas pupilas,
que sonho existiu, na verdade?
Como pensavas que era a vida?
E de ti mesmo que pensaste?
Diante desta bela cabeça,
vendo-a de perfil e de face,
entre os teus olhos e os do artista,
qual terá sido a tua frase?

IGNOTO ROMANO esculpido
por ignota mão, preservando
no silêncio da pedra o antigo
rosto, que encobre a ignota sorte,
parado entre sonho e suspiro,
sem gesto, sem corpo, sem roupas,
sem profissão nem compromisso,
sem dizer a ninguém mais nada
nem do amigo nem do inimigo...

(E todos os homens – ignotos –
com os olhos nesse claro abismo,
sem saberem que estão parados
ante um puro espelho polido!
IGNOTO ROMANO – soletram...
E continuam seu caminho,
certos de terem algum nome,
com pena do desconhecido...)

Abril, 1953

O ESTUDANTE EMPÍRICO

DESENHO

Traça a reta e a curva,
a quebrada e a sinuosa.
Tudo é preciso.
De tudo viverás.

Cuida com exatidão da perpendicular
e das paralelas perfeitas.
Com apurado rigor.
Sem esquadro, sem nível, sem fio de prumo,
traçarás perspectivas, projetarás estruturas.
Número, ritmo, distância, dimensão.
Tens os teus olhos, o teu pulso, a tua memória.

Construirás os labirintos impermanentes
que sucessivamente habitarás.

Todos os dias estarás refazendo o teu desenho.
Não te fatigues logo. Tens trabalho para toda a vida.
E nem para o teu sepulcro terás a medida certa.

Somos sempre um pouco menos do que pensávamos.
Raramente, um pouco mais.

1963

BIOGRAFIA

Cecília Meireles, nome literário de Cecília Benevides de Carvalho Meirelles, nasceu em 7 de novembro de 1901, no Rio de Janeiro, onde faleceu em 9 de novembro de 1964. Os pais, Mathilde Benevides, professora municipal, e Carlos Alberto de Carvalho Meirelles, funcionário do Banco do Brasil, morreram muito cedo. Ele, três meses antes do nascimento da filha, ela, quando a filha contava apenas três anos. Cecília foi também a única sobrevivente de três irmãos – criada então pela avó materna de origem açoriana, Jacintha Garcia Benevides, por quem foi profundamente marcada, sentimento que expressou na extraordinária "Elegia" que encerra o livro *Mar absoluto e outros poemas*, de 1945.

Cursou o primário na Escola Estácio de Sá, concluído com distinção em 1910. Dois anos depois, nessa mesma escola, concluiu igualmente com distinção o curso médio, o que lhe rendeu um prêmio de medalha de ouro com o seu nome gravado, recebida no ano seguinte das mãos do então inspetor escolar do Distrito Federal, o poeta Olavo Bilac. Formou-se em 1917 pela Escola Normal do Instituto de Educação e começou a exercer o magistério primário em escolas oficiais do mesmo Distrito. Estudou línguas e em seguida ingressou no Conservatório de Música. Em 1919 publicou em livro seus primeiros poemas, os sonetos de *Espectros*, que posteriormente renegou.

Em 1922, casou-se com Fernando Correia Dias, artista plástico português de muito prestígio no período, e em 1923 publicou sua segunda coletânea de poesia, *Nunca mais... e Poema dos poemas*, quando nasceu sua primeira filha, Maria Elvira. A segunda filha, Maria Mathilde, nasceu um ano depois, ano marcado também pela publicação de *Criança meu amor...*, livro de cunho didático. Ao publicar o terceiro livro de poesia, *Baladas para El-Rei*, em 1925, nasceu sua filha Maria Fernanda, consagrada atriz de teatro, cinema e televisão. Em 1927, aproximou-se do grupo da revista *Festa*, principalmente dos escritores Tasso da Silveira, Onestaldo de Pennafort e Andrade Muricy. Em 1929, editou em livro sua tese *O espírito vitorioso*, submetida antes a exame para uma pretendida cadeira de professora de literatura da Escola Normal, não aprovada pelo perfil conservador da banca examinadora, de que fazia parte o pensador católico Alceu Amoroso Lima.

Iniciou-se como cronista em *O Jornal*, do Rio de Janeiro, e passou a participar ativamente do movimento de reformas do ensino. Nos primeiros anos da década de 1930, dirigiu, no *Diário de Notícias*, página diária dedicada a assuntos de educação, mantida até o início de 1933. Em 1934, criou no antigo Pavilhão Mourisco, na praia de Botafogo, uma biblioteca especializada em literatura infantil, pioneira no país, e que quatro anos depois foi impedida de funcionar pela ditadura Vargas. Ainda em meados dessa década, em sua primeira viagem a Portugal, fez conferências nas universidades de Coimbra e Lisboa, e em 1935 publicou respectivamente naquelas cidades os ensaios *Notícia da poesia brasileira* e *Batuque, samba e macumba*. Nesse mesmo ano enfrentou outra morte trágica, a de seu marido Fernando Correia Dias.

Ainda em 1935, nomeada professora de literatura luso-brasileira e mais tarde técnica e crítica literária na recém-criada Universidade do Distrito Federal, manteve-se nesse magistério por cerca de três anos. Em parceria com Josué de Castro, publicou em 1937 o livro infantojuvenil *A festa das letras*. No ano seguinte, seu livro didático *Rute e Alberto resolveram ser turistas* foi publicado pela prestigiada Editora Globo, de Porto Alegre. Em 1938, com um novo livro de poesia, *Viagem*, conquistou o prêmio Olavo Bilac da Academia Brasileira de Letras. Editado em Lisboa em 1939, o livro ganhou rápido reconhecimento crítico e inaugurou uma nova fase em sua obra. Em 1940, ano do seu casamento com Heitor Vinicius da Silveira Grillo, agrônomo, lecionou Literatura e Cultura Brasileiras na Universidade do Texas, Estados Unidos, com passagem pelo México, onde proferiu conferências sobre literatura, folclore e educação. Em 1941, começou a dirigir a revista *Travel in Brazil* do Departamento de Imprensa e Propaganda.

Em 1948, colaborou com a Comissão Nacional do Folclore, atividade que a manteve sempre muito ligada à mitologia brasileira, como estudiosa e militante das artes e das letras. Nessas mesmas frentes, secretariou o Primeiro Congresso Nacional de Folclore, em 1951, e publicou o ensaio "Artes populares" no volume em coautoria *As artes plásticas no Brasil*, de 1952. Nos primeiros meses de 1953, lançou um de seus grandes sucessos de crítica e público, *Romanceiro da Inconfidência*, livro concebido em meados dos anos 1940 como peça teatral e posteriormente concluído como poema dramático. Ainda em 1953, foi publicada em Haia a sua antologia *Poèmes*. Nessa mesma década, fez circular em edições fora de comércio *Pequeno oratório de*

Santa Clara, Pistoia, cemitério militar brasileiro, Espelho cego, Giroflê, giroflá, Romance de Santa Cecília e *A rosa*.

Entre as décadas de 1930 e 1960, foi cronista de diversos jornais do Rio de Janeiro (*A Manhã, Folha Carioca, Diário de Notícias*) e de São Paulo (*Correio Paulistano, Folha da Manhã, O Estado de S. Paulo, Folha de S.Paulo*), publicou numerosos livros de ensaios e conferências, diversas traduções que se tornaram clássicas – a exemplo do romance *Orlando*, de Virgínia Woolf –, organizou antologias e realizou várias viagens ao exterior, geralmente a serviço da literatura. Entre outros países, visitou Argentina, Chile, Uruguai, Porto Rico, Holanda, Portugal, Itália, Grécia, Israel, Goa e Índia. Neste último país, onde permaneceu de janeiro a março de 1953, recebeu o título de Doutora *Honoris Causa* da Universidade de Delhi. Essa permanência no país de Gandhi e Tagore ainda lhe renderia diversas crônicas e os *Poemas escritos na Índia*, coletânea publicada oito anos depois.

Em 1958, publicou pela Editora José Aguilar sua *Obra poética* (poesia reunida) e em 1961 iniciou colaboração de cronista para o programa *Quadrante*, da Rádio Ministério da Educação e Cultura. Também no início da década de 1960, escreveu crônicas para o programa *Vozes da cidade*, da Rádio Roquette-Pinto, e em 1963 lançou seu derradeiro livro de poesia, *Solombra*, premiado com o Jabuti. Em 1964, foi a vez da publicação de *Ou isto ou aquilo*, livro ilustrado por Maria Bonomi que logo se tornou um clássico de nossa literatura infantojuvenil. Em 1965, conquistou postumamente o Prêmio Machado de Assis da Academia Brasileira de Letras, pelo conjunto de sua obra.

BIBLIOGRAFIA DE CECÍLIA MEIRELES

POESIA

Espectros. Rio de Janeiro: Leite Ribeiro & Maurillo, 1919. São Paulo: Global, 2013.
Nunca mais... e Poema dos poemas. Rio de Janeiro: Leite Ribeiro, 1923. São Paulo: Global, 2015.
Baladas para el-rei. Rio de Janeiro: Brasileira Lux, 1925. São Paulo: Global, 2016.
Viagem. Lisboa: Ocidente, 1939. São Paulo: Global, 2012.
Vaga música. Rio de Janeiro: Pongetti, 1942. São Paulo: Global, 2013.
Mar absoluto e outros poemas. Porto Alegre: Globo, 1945. São Paulo: Global, 2015.
Retrato natural. Rio de Janeiro: Livros de Portugal, 1949. São Paulo: Global, 2014.
Amor em Leonoreta. Rio de Janeiro: Hipocampo, 1951. São Paulo: Global, 2013.
Doze noturnos da Holanda & O Aeronauta. Rio de Janeiro: Livros de Portugal, 1952.
Romanceiro da Inconfidência. Rio de Janeiro: Livros de Portugal, 1953. São Paulo: Global, 2012.
Pequeno oratório de Santa Clara. Rio de Janeiro: Philobiblion, 1955.
Pistoia, cemitério militar brasileiro. Rio de Janeiro: Philobiblion, 1955.
Espelho cego. Rio de Janeiro: separata da revista *A Sereia*, 1955.
Canções. Rio de Janeiro: Livros de Portugal, 1956. São Paulo: Global, 2016.
A rosa. Salvador: Dinamene, 1957.
Romance de Santa Cecília. Rio de Janeiro: Philobiblion, 1957.
Metal rosicler. Rio de Janeiro: Livros de Portugal, 1960. São Paulo: Global, 2014.
Poemas escritos na Índia. Rio de Janeiro: São José, [1961]. São Paulo: Global, 2014.
Solombra. Rio de Janeiro: Livros de Portugal, 1963. São Paulo: Global, 2013.
Crônica trovada da cidade de Sam Sebastiam no quarto centenário da sua fundação pelo capitam-mor Estácio de Saa. Rio de Janeiro: José Olympio, 1965.
Poemas italianos. Edição bilíngue, versão italiana de Edoardo Bizzarri. São Paulo: Instituto Cultural Ítalo-Brasileiro, 1968. São Paulo: Global, 2016.
Cânticos. São Paulo: Moderna, 1981. São Paulo: Global, 2015.
Oratório de Santa Maria Egipcíaca. Rio de Janeiro: Nova Fronteira, 1996.
O estudante empírico. Rio de Janeiro: Nova Fronteira, 2005.
Doze noturnos da Holanda. São Paulo: Global, 2014.

O Aeronauta. São Paulo: Global, 2014.
Morena, pena de amor. São Paulo: Global, 2015.
Sonhos. São Paulo: Global, 2016.
Poemas de viagens. São Paulo: Global, 2016.

POESIA REUNIDA, ANTOLOGIAS E EDIÇÕES ESPECIAIS

Obra poética. Rio de Janeiro: José Aguilar, 1958.
Antologia poética. Rio de Janeiro: Editora do Autor, 1963. São Paulo: Global, 2013.
Obra poética. 2. ed. aumentada. Rio de Janeiro: José Aguilar, 1967.
Flor de poemas. Organização de Paulo Mendes Campos. Rio de Janeiro: José Aguilar, 1972.
Urnas e brisas. Bahia/Dakar: Dinamene, 1972.
Seleta em prosa e verso. Organização de Darcy Damasceno. Rio de Janeiro: José Olympio, 1973.
Poesias completas. Organização de Darcy Damasceno. Rio de Janeiro: Civilização Brasileira, 1973/1974. 9 v.
Poesia. Organização de Darcy Damasceno. Rio de Janeiro: Agir, 1974.
Elegias. Ilustrações de Aldemir Martins. Rio de Janeiro: Alumbramento, 1974.
Flores e canções. Ilustrações de Maria Helena Vieira da Silva. Rio de Janeiro: Confraria dos Amigos do Livro, 1979.
Cecília Meireles: literatura comentada. Organização de Norma Seltzer Goldstein e Rita de Cássia Barbosa. São Paulo: Abril, 1982.
Viagem/Vaga música. Rio de Janeiro: Nova Fronteira, 1982.
Viagem e Vaga música. São Paulo: Fundação Nestlé de Cultura, 1982.
Mar absoluto/Retrato natural. Rio de Janeiro: Nova Fronteira, 1983.
Romanceiro da Inconfidência/Crônica trovada da cidade de Sam Sebastiam. Rio de Janeiro: Nova Fronteira, 1983.
Os melhores poemas. Organização de Maria Fernanda. São Paulo: Global, 1984.
Doze noturnos da Holanda e outros poemas. Rio de Janeiro: Nova Fronteira, 1986.
Verdes reinos encantados. Organização de Maria Fernanda. Rio de Janeiro: Salamandra, 1988.
Poesia completa. Organização de Walmir Ayala. Rio de Janeiro: Nova Aguilar, 1994.

Poesia completa. Rio de Janeiro: Nova Fronteira, 1997. 4 v.
Poesia completa. Organização de Antonio Carlos Secchin. Rio de Janeiro: Nova Fronteira, 2001. 2 v.
Espectros. Edição fac-similar. Rio de Janeiro: Nova Fronteira, 2001.
Amor em Leonoreta/Doze noturnos da Holanda & O Aeronauta/Poemas escritos na Índia/Pequeno oratório de Santa Clara/Pistoia, cemitério militar brasileiro. Rio de Janeiro: Nova Fronteira, 2001.
Romanceiro da Inconfidência. Ilustrações de Renina Katz. São Paulo: Edusp/ Imprensa Oficial, 2004.
Solombra/Sonhos/Poemas de viagens. Rio de Janeiro: Nova Fronteira, 2005.
Palavras e pétalas. Organização de Antonio Carlos Secchin. Rio de Janeiro: Desiderata, 2008.
Cecília de bolso: uma antologia poética. Organização de Fabrício Carpinejar. Porto Alegre: L&PM pocket, 2008.
Romanceiro da Inconfidência: edição comemorativa – 60 anos. Organização de André Seffrin. São Paulo: Global, 2013.
Pequeno oratório de Santa Clara/Romance de Santa Cecília/Oratório de Santa Maria Egipcíaca. São Paulo: Global, 2014.
Pistoia, cemitério militar brasileiro. Edição fac-similar. São Paulo: Global, 2016.
Melhores poemas Cecília Meireles. Organização de André Seffrin. São Paulo: Global, 2016.

NO EXTERIOR

Antologia poética (1923-1945). Versão de Gaston Figueira. Montevidéu: Cuadernos "Poesía de América", 1947.
Poèmes. Versão de Mélot du Dy. La Haye: Erospress, 1953.
Poésie. Versão de Gisèle Slesinger Tygel. Paris: Seghers, 1967.
Poésie. Versão de Gisèle Slesinger Tygel, edição especial, ilustrações de Maria Helena Vieira da Silva. Paris: Seghers, 1967.
Antologia poética. Org. Francisco da Cunha Leão e David Mourão-Ferreira. Lisboa: Guimarães, 1968.
Poems in translation. Versão de Henry Keith e Raymond Sayers. Washington: Brazilian-American Cultural Institute, 1977.

Mapa falso y otros poemas. Versão de Estela dos Santos. Montevidéu: Calicanto, 1979.
Poemas. Versão de Ricardo Silva-Santisteban. Lima: Centro de Estudios Brasileños, 1979.
La materia del tiempo. Versão de Maricela Terán. México: Premia, 1983.
Mare assoluto e altre poesie. Versão de Mirella Abriani. Milão: Lineacultura, 1997.
Antologia poética. Lisboa: Relógio D'Água, 2002.
Travelling and meditating: poems written in India and other poems. Versão indiana e inglesa de Rita R. Sanyal e Dilip Loundo. Nova Delhi: Embassy of Brazil, 2003.
O instante existe. Cascais: Arteplural, 2003.
Romanceiro da Inconfidência. Lisboa: Relógio D'Água, 2008.

PROSA POÉTICA

Evocação lírica de Lisboa. Lisboa: separata da revista *Atlântico*, 1948.
Giroflê, giroflá. Rio de Janeiro: Civilização Brasileira, 1956. São Paulo: Global, 2015.
Eternidade de Israel. Rio de Janeiro: Centro Cultural Brasil-Israel, 1959.
Olhinhos de gato. São Paulo: Moderna, 1980. São Paulo: Global, 2015.
Diário de bordo. São Paulo: Global, 2015.

CRÔNICA

Quadrante 1. Em parceria com Carlos Drummond de Andrade, Manuel Bandeira, Dinah Silveira de Queiroz, Fernando Sabino, Paulo Mendes Campos, Rubem Braga. Rio de Janeiro: Editora do Autor, 1962.
Quadrante 2. Em parceria com Carlos Drummond de Andrade, Manuel Bandeira, Dinah Silveira de Queiroz, Fernando Sabino, Paulo Mendes Campos, Rubem Braga. Rio de Janeiro: Editora do Autor, 1963.
Escolha o seu sonho. Rio de Janeiro: Record, 1964. São Paulo: Global, 2016.
Vozes da cidade. Em parceria com Carlos Drummond de Andrade, Manuel Bandeira, Genolino Amado, Henrique Pongetti, Maluh de Ouro Preto, Rachel de Queiroz. Rio de Janeiro: Record, 1965.

Inéditos. Rio de Janeiro: Bloch, 1967.
Ilusões do mundo. Rio de Janeiro: Nova Aguilar, 1976. São Paulo: Global, 2013.
O que se diz e o que se entende. Rio de Janeiro: Nova Fronteira, 1980. São Paulo: Global, 2016.
Janela mágica. São Paulo: Moderna, 1981. São Paulo: Global, 2016.
Quatro vozes. Em parceria com Carlos Drummond de Andrade, Manuel Bandeira, Rachel de Queiroz. Rio de Janeiro: Record, 1984.
Obra em prosa: crônicas em geral – tomo 1. Organização de Leodegário A. de Azevedo Filho. Rio de Janeiro: Nova Fronteira, 1998.
Crônicas de viagem (obra em prosa). Organização de Leodegário A. de Azevedo Filho. Rio de Janeiro: Nova Fronteira, 1998/1999. São Paulo: Global, 2016. 3 v.
Crônicas de educação (obra em prosa). Organização de Leodegário A. de Azevedo Filho. Rio de Janeiro: Nova Fronteira, 2001. São Paulo: Global, 2016. 5 v.
Melhores crônicas. Organização de Leodegário A. de Azevedo Filho. São Paulo: Global, 2003.
Episódio humano: prosa 1929-1930. Rio de Janeiro: Desiderata/Batel, 2007.
Crônicas para jovens. Organização de Antonieta Cunha. São Paulo: Global, 2012.

TEATRO

O menino atrasado. Rio de Janeiro: Livros de Portugal, 1966.

CORRESPONDÊNCIA

A lição do poema: cartas de Cecília Meireles a Armando Côrtes-Rodrigues. Organização de Celestino Sachet. Ponta Delgada: Instituto Cultural, 1998.
Três Marias de Cecília. Organização de Marcos Antonio de Moraes. São Paulo: Moderna, 2006.

LITERATURA INFANTOJUVENIL

A festa das letras. Em parceria com Josué de Castro. Porto Alegre: Globo, 1937. São Paulo: Global, 2015.

Ou isto ou aquilo. São Paulo: Giroflê, 1964.
Ou isto ou aquilo & inéditos. São Paulo: Melhoramentos, 1969.
Ou isto ou aquilo. Organização de Walmir Ayala. Rio de Janeiro: Nova Fronteira, 1990. São Paulo: Global, 2012.
Canção da tarde no campo. São Paulo: Global, 2001.
O menino azul. São Paulo: Global, 2002.
As palavras voam. Organização de Bartolomeu Campos de Queirós. São Paulo: Moderna, 2005. São Paulo: Global, 2013.
Os pescadores e as suas filhas. São Paulo: Global, 2012.

LITERATURA INFANTIL E INFANTOJUVENIL NO EXTERIOR

Ojitos de gato. Buenos Aires: Centro de Estudios Brasileños, 1981. (versão espanhola de Roberto Romero Escalada)

DIDÁTICO

Criança meu amor. Rio de Janeiro: Tipografia Anuário do Brasil, 1924. São Paulo: Global, 2013.
Rute e Alberto resolveram ser turistas. Porto Alegre: Globo, 1938.

DIDÁTICO NO EXTERIOR

Rute e Alberto. Boston: D.C. Heath, 1945.

ENSAIO E CONFERÊNCIA

O espírito vitorioso. Rio de Janeiro: Anuário do Brasil, 1929.
Saudação à menina de Portugal. Rio de Janeiro: Gabinete Português de Leitura, 1930.
Leituras infantis. Rio de Janeiro: Oficina Gráfica do Departamento de Educação, 1934.

Rui: pequena história de uma grande vida. Rio de Janeiro: Casa de Rui Barbosa, 1949.
Problemas da literatura infantil. Belo Horizonte: Imprensa Oficial, 1951. São Paulo: Global, 2016.
As artes plásticas no Brasil I. Em parceria com Frederico Barata, Gastão Cruls, Reinaldo dos Santos, J. Wasth Rodrigues, José Gisella Valladares, Francisco Marques dos Santos, organização de Rodrigo M. F. de Andrade. Rio de Janeiro: Emp. Gráf. Ouvidor, 1952.
A Bíblia na poesia brasileira. Rio de Janeiro: Centro Cultural Brasil-Israel, [1957].
3 conferências sobre cultura hispano-americana. Em parceria com Manuel Bandeira e Augusto Tamayo Vargas. Rio de Janeiro: Ministério da Educação e Cultura/Serviço de Documentação/Departamento de Imprensa Nacional, 1959.
Gandhi. In: *Quatro apóstolos modernos*. São Paulo: Donato, s/d.
Rabindranath Tagore and the East West Unity. Rio de Janeiro: Departamento de Imprensa Nacional, 1962.
Notas de folclore gaúcho-açoriano. Rio de Janeiro: Cadernos do Folclore 3/ Ministério da Educação e Cultura/Campanha de Defesa do Folclore Brasileiro, 1968.
Artes populares: as artes plásticas no Brasil. Rio de Janeiro: Ediouro, 1968.
Batuque, samba e macumba: estudos de gesto e de ritmo 1926-1934. Versão também em inglês. Rio de Janeiro: Funarte/Instituto Nacional do Folclore, 1983. São Paulo: Global, 2016.
Três poetas brasileiros apaixonados por Fernando Pessoa. Em parceria com Murilo Mendes e Lúcio Cardoso, organização de Edson Nery da Fonseca. Recife: Massangana/Fundação Joaquim Nabuco, 1985.
Gabriela Mistral & Cecília Meireles: ensaios de Cecília Meireles e Adriana Valdés. Organização de Alberto da Costa e Silva e Ernesto Livacic. Rio de Janeiro: Academia Brasileira de Letras; Santiago do Chile: Academia Chilena de la Lengua, 2003. (edição bilíngue)

ENSAIO E CONFERÊNCIA NO EXTERIOR

Notícia da poesia brasileira. Coimbra: Biblioteca Geral da Universidade de Coimbra, 1935.

Batuque, samba e macumba. Lisboa: separata da revista *Mundo Português*, 1935.
Panorama folclórico dos Açores: especialmente da Ilha de S. Miguel. Ponta Delgada: Instituto Cultural da Ponta Delgada, 1955.
Tagore and Brazil. Nova Delhi: Sahitya Akademy, 1961.

ORGANIZAÇÃO DE ANTOLOGIA

Poetas novos de Portugal. Rio de Janeiro: Dois Mundos, 1944.
Cecília e Mário. Rio de Janeiro: Nova Fronteira, 1996.

TRADUÇÃO E ADAPTAÇÃO

As mil e uma noites. Rio de Janeiro: Anuário do Brasil, [1926]. 3 v.
Os mitos hitleristas: problemas da Alemanha contemporânea, de François Perroux. São Paulo: Companhia Editora Nacional, 1937.
A canção de amor e de morte do porta-estandarte Cristóvão Rilke, de Rainer Maria Rilke. Rio de Janeiro: Revista Acadêmica, 1947.
Orlando: biografia, de Virgínia Woolf. Porto Alegre: Globo, 1948.
Os caminhos de Deus, de Kathryn Hulme. Rio de Janeiro: Seleções do Reader's Digest, 1958. (versão condensada, em *Biblioteca das Seleções*)
Bodas de sangue, de Federico García Lorca. Rio de Janeiro: Agir, 1960.
Um conto de Natal, de Charles Dickens. Rio de Janeiro/São Paulo: Seleções do Reader's Digest, s/d. São Paulo: Global, 2012.
Amado e glorioso médico, de Taylor Caldwell. Rio de Janeiro/São Paulo: Seleções do Reader's Digest, 1960. (versão condensada, em *Biblioteca das Seleções*)
Rabindranath Tagore. Em parceria com Abgar Renault e Guilherme de Almeida. Rio de Janeiro: Ministério da Educação e Cultura/Serviço de Documentação, 1962.
Çaturanga, de Rabindranath Tagore. Rio de Janeiro: Delta, 1962.
Poesia de Israel. Rio de Janeiro: Civilização Brasileira, 1962.
Yerma, de Federico García Lorca. Rio de Janeiro: Agir, 1963.
Poemas chineses, de Li Po e Tu Fu. Rio de Janeiro: Nova Fronteira, 1996.

BIBLIOGRAFIA CONSULTADA

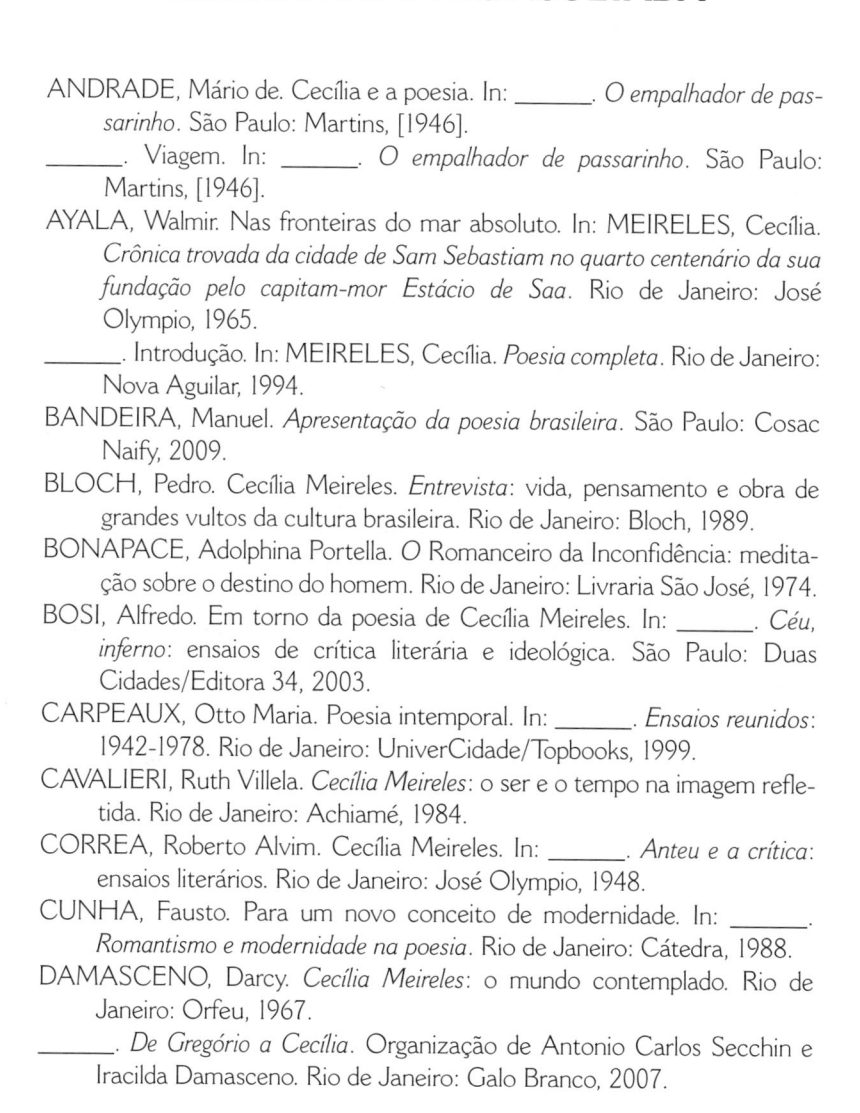

ANDRADE, Mário de. Cecília e a poesia. In: _____. *O empalhador de passarinho*. São Paulo: Martins, [1946].

_____. Viagem. In: _____. *O empalhador de passarinho*. São Paulo: Martins, [1946].

AYALA, Walmir. Nas fronteiras do mar absoluto. In: MEIRELES, Cecília. *Crônica trovada da cidade de Sam Sebastiam no quarto centenário da sua fundação pelo capitam-mor Estácio de Saa*. Rio de Janeiro: José Olympio, 1965.

_____. Introdução. In: MEIRELES, Cecília. *Poesia completa*. Rio de Janeiro: Nova Aguilar, 1994.

BANDEIRA, Manuel. *Apresentação da poesia brasileira*. São Paulo: Cosac Naify, 2009.

BLOCH, Pedro. Cecília Meireles. *Entrevista*: vida, pensamento e obra de grandes vultos da cultura brasileira. Rio de Janeiro: Bloch, 1989.

BONAPACE, Adolphina Portella. *O Romanceiro da Inconfidência*: meditação sobre o destino do homem. Rio de Janeiro: Livraria São José, 1974.

BOSI, Alfredo. Em torno da poesia de Cecília Meireles. In: _____. *Céu, inferno*: ensaios de crítica literária e ideológica. São Paulo: Duas Cidades/Editora 34, 2003.

CARPEAUX, Otto Maria. Poesia intemporal. In: _____. *Ensaios reunidos*: 1942-1978. Rio de Janeiro: UniverCidade/Topbooks, 1999.

CAVALIERI, Ruth Villela. *Cecília Meireles*: o ser e o tempo na imagem refletida. Rio de Janeiro: Achiamé, 1984.

CORREA, Roberto Alvim. Cecília Meireles. In: _____. *Anteu e a crítica*: ensaios literários. Rio de Janeiro: José Olympio, 1948.

CUNHA, Fausto. Para um novo conceito de modernidade. In: _____. *Romantismo e modernidade na poesia*. Rio de Janeiro: Cátedra, 1988.

DAMASCENO, Darcy. *Cecília Meireles*: o mundo contemplado. Rio de Janeiro: Orfeu, 1967.

_____. *De Gregório a Cecília*. Organização de Antonio Carlos Secchin e Iracilda Damasceno. Rio de Janeiro: Galo Branco, 2007.

GARCIA, Othon M. Exercício de numerologia poética: paridade numérica e geometria do sonho em um poema de Cecília Meireles. In: _____. *Esfinge clara e outros enigmas*: ensaios estilísticos. 2. ed. Rio de Janeiro: Topbooks, 1996.

GENS, Rosa (Org.). *Cecília Meireles*: o desenho da vida. Rio de Janeiro: Setor Cultural/Núcleo Interdisciplinar de Estudos da Mulher na Literatura/UFRJ, 2002.

GOLDSTEIN, Norma Seltzer. *Roteiro de leitura: Romanceiro da Inconfidência de Cecília Meireles*. São Paulo: Ática, 1988.

GOUVÊA, Leila V. B. (Org.). *Ensaios sobre Cecília Meireles*. São Paulo: Humanitas/Fapesp, 2007.

_____. *Pensamento e "lirismo puro" na poesia de Cecília Meireles*. São Paulo: Edusp, 2008.

GOUVEIA, Margarida Maia. *Cecília Meireles*: uma poética do "eterno instante". Lisboa: Imprensa Nacional/Casa da Moeda, 2002.

HANSEN, João Adolfo. *Solombra ou A sombra que cai sobre o eu*. São Paulo: Hedra, 2005.

JUNQUEIRA, Ivan. As raízes da "vaga música" ceciliana. In: _____. *Cinzas do espólio*: ensaios. Rio de Janeiro: Record, 2009.

LISBOA, Henriqueta. Cecília Meireles. In: _____. *Convívio poético*. Belo Horizonte: Imprensa Oficial, 1955.

MALEVAL, Maria do Amparo Tavares. Cecilia Meireles. In: _____. *Poesia medieval no Brasil*. Rio de Janeiro: Ágora da Ilha, 2002.

MANNA, Lúcia Helena Scaraglia. *Pelas trilhas do Romanceiro da Inconfidência*. Niterói: EDUFF, 1985.

MARTINS, Wilson. Lutas literárias (?). In: _____. *O ano literário*: 2002-2003. Rio de Janeiro: Topbooks, 2007.

MELLO, Ana Maria Lisboa de (Org.). *Cecília Meireles & Murilo Mendes (1901-2001)*. Porto Alegre: Uniprom, 2002.

_____. A poesia metafísica no Brasil. In: _____ (Org.). *A poesia metafísica no Brasil*: percursos e modulações. Porto Alegre: Libretos, 2009.

_____; UTÉZA, Francis. *Oriente e ocidente na poesia de Cecília Meireles*. Porto Alegre: Libretos, 2006.

MILLIET, Sergio. *Panorama da moderna poesia brasileira*. Rio de Janeiro: Ministério da Educação e Saúde/Serviço de Documentação, 1952.

MOISÉS, Massaud. Cecília Meireles. In: _____. *História da literatura brasileira*: Modernismo. São Paulo: Cultrix, 1989.

MONTEIRO, Adolfo Casais. Cecília Meireles. In: _____. *Figuras e problemas da literatura brasileira contemporânea*. São Paulo: Instituto de Estudos Brasileiros, 1972.

MOURÃO-FERREIRA, David. Motivos e temas na poesia de Cecília Meireles. In: _____. *Hospital das letras*. Lisboa: Moraes, 1966.

MURICY, Andrade. Cecília Meireles. In: _____. *A nova literatura brasileira*: crítica e antologia. Porto Alegre: Globo, 1936.

_____. Cecília Meireles. In: _____. *Panorama do movimento simbolista brasileiro*. 2. ed. Brasília: Conselho Federal de Cultura/Instituto Nacional do Livro, 1973. v. 2.

NEMÉSIO, Vitorino. A poesia de Cecília Meireles. In: _____. *Conhecimento de poesia*. Salvador: Progresso, 1958.

NEVES, Margarida de Souza; LÔBO, Yolanda Lima; MIGNOT, Ana Chrystina Venancio (Orgs.). *Cecília Meireles*: a poética da educação. Rio de Janeiro: PUC; São Paulo: Loyola, 2001.

OLIVEIRA, Ana Maria Domingues de. *Estudo crítico da bibliografia sobre Cecília Meireles*. São Paulo: Humanitas/USP, 2001.

PAES, José Paulo. Poesia nas alturas. In: _____. *Os perigos da poesia e outros ensaios*. Rio de Janeiro: Topbooks, 1997.

PARAENSE, Sílvia. *Cecília Meireles*: mito e poesia. Santa Maria: UFSM, 1999.

PEREZ, Renard. Cecília Meireles. In: _____. *Escritores brasileiros contemporâneos – 2ª série:* 22 biografias, seguidas de antologia. 2. ed. revista e atualizada, Rio de Janeiro: Civilização Brasileira, 1971.

PICCHIO, Luciana Stegagno. A poesia atemporal de Cecília Meireles, "pastora das nuvens". In: _____. *História da literatura brasileira*. Rio de Janeiro: Nova Aguilar, 1997.

PÓLVORA, Hélio. Caminhos da poesia: Cecília. In: _____. *Graciliano, Machado, Drummond & outros*. Rio de Janeiro: Francisco Alves, 1975.

RAMOS, Péricles Eugênio da Silva. Solombra. In: _____. *Do barroco ao modernismo*: estudos de poesia brasileira. 2. ed. revista e aumentada, Rio de Janeiro: Livros Técnicos e Científicos, 1979.

RICARDO, Cassiano. *A Academia e a poesia moderna*. São Paulo: Revista dos Tribunais, 1939.

_____.*Viagem no tempo e no espaço*: memórias. Rio de Janeiro: José Olympio, 1970.

RÓNAI, Paulo. O conceito de beleza em *Mar absoluto*. In: _____. *Encontros com o Brasil*. 2. ed. Rio de Janeiro: Batel, 2009.

_____. Uma impressão sobre a poesia de Cecília Meireles. In: _____. *Encontros com o Brasil*. 2. ed. Rio de Janeiro: Batel, 2009.

SADLIER, Darlene J. *Imagery and theme in the poetry of Cecília Meireles:* a study of *Mar absoluto*. Madri: José Porrúa Turanzas, 1983.

_____. *Cecília Meireles & João Alphonsus*. Brasília: André Quicé, 1984.

SALGUEIRO, Wilberth. De como se lia Cecília Meireles: breve revisão crítica e alguns exercícios comparativos. In: _____. *Lira à brasileira*: erótica, poética, política. Vitória: Edufes, 2007.

SANCHES NETO, Miguel. Cecília Meireles e o tempo inteiriço. In: MEIRELES, Cecília. *Poesia completa*. Rio de Janeiro: Nova Fronteira, 2001. v. 1. Org. Antonio Carlos Secchin.

SECCHIN, Antonio Carlos. Cecília: a incessante canção. In: _____. *Escritos sobre poesia & alguma ficção*. Rio de Janeiro: EdUERJ, 2003.

_____. O enigma Cecília Meireles. In: _____. *Memórias de um leitor de poesia & outros ensaios*. Rio de Janeiro: Topbooks/Academia Brasileira de Letras, 2010.

_____. *Cecília Meireles e os* Poemas escritos na Índia. In: _____. *Memórias de um leitor de poesia & outros ensaios*. Rio de Janeiro: Topbooks/ Academia Brasileira de Letras, 2010.

SENA, Jorge de. Sobre Cecília Meireles, C. Drummond de Andrade, etc. In: _____. *Estudos de cultura e literatura brasileira*. Lisboa: Edições 70, 1988.

SIMÕES, João Gaspar. Cecília Meireles: *Metal rosicler*. In: _____. *Crítica II*: poetas contemporâneos (1946-1961). Lisboa: Delfos, s/d.

VILLAÇA, Antonio Carlos. Cecília Meireles: a eternidade entre os dedos. In: _____. *Tema e voltas*. Rio de Janeiro: Hachette, 1975.

ÍNDICE

O gosto infinito das respostas que não se encontram..................7

VIAGEM

Motivo 17
Retrato 18
Conveniência 19
Canção 20
Canção 21
Aceitação 22
Terra 23
Guitarra 26
Noções 27
Epigrama nº 7 28
Ressurreição 29
Sereia 30
Destino 32

VAGA MÚSICA

Epitáfio da navegadora 37
Canção excêntrica 38
Canção quase inquieta 39
A doce canção 41
Canção de alta noite 42
Memória 43
Ida e volta em Portugal 46
Campos verdes 48
Encomenda 49
Explicação 50
Reinvenção 51
Eco 52
Despedida 53

MAR ABSOLUTO

Mar absoluto 57

Madrugada no campo 61
Sugestão 62
Museu 63
Desejo de regresso 64
Por baixo dos largos fícus 65
2º motivo da rosa 67
O tempo no jardim 68
Beira-mar 69
Leveza 70
Desenho 71
Pedido 73
Mulher ao espelho 74
5º motivo da rosa 75
Os dias felizes 76
Elegia (1933-1937) 77

RETRATO NATURAL

Apresentação 95
Cantarão os galos 96
Elegia a uma pequena borboleta 98
Vigília 100
Balada das dez bailarinas do cassino 101
Pássaro 103
Canção póstuma 104
Canção 105
Canção do Amor-Perfeito 106
Improviso para Norman Fraser 107
O cavalo morto 109

DOZE NOTURNOS DA HOLANDA

Três 113
Oito 115
Doze 117

O AERONAUTA

Um 123
Oito 124
Onze 125

ROMANCEIRO DA INCONFIDÊNCIA

Cenário 129
Romance XXI ou Das ideias 134
Romance LIII ou Das palavras aéreas 139
Romance LXXXIV ou Dos cavalos da Inconfidência 142

PISTOIA, CEMITÉRIO MILITAR BRASILEIRO

[Eles vieram felizes, como].. 149

CANÇÕES

[Venturosa de sonhar-te,].. 153
[Há um nome que nos estremece,] 154
[Por que nome chamaremos] 155
[De que são feitos os dias?] 156
[Dos campos do Relativo] 157

METAL ROSICLER

1 161
23 162

POEMAS ESCRITOS NA ÍNDIA

Música 165
Praia do fim do mundo 166

SOLOMBRA

[O gosto da Beleza em meu lábio descansa:] 169
[Eu sou essa pessoa a quem o vento chama,] 170
[Quero roubar à morte esses rostos de nácar,] 171
[Dizei-me vosso nome! Acendei vossa ausência!] 172

POEMAS III

Urnas e brisas... 175
Cantar de vero amor 176
Voo 178

POEMAS ITALIANOS

Discurso ao Ignoto Romano 181

O ESTUDANTE EMPÍRICO

Desenho 185

BIOGRAFIA 187

BIBLIOGRAFIA DE CECÍLIA MEIRELES 191

BIBLIOGRAFIA CONSULTADA 199

"O que distingue, particularmente, a poesia de Cecília, é a luminosa simplicidade com que ela se utiliza do mistério, em cuja atmosfera respira. [...] Valoriza as palavras quotidianas, para que elas digam o indizível. Com um número restrito de palavras, realiza o milagre."

Henriqueta Lisboa

"Revisitando agora a imaculada galeria de seus livros [...] é que essa poesia sem paridade no quadro da língua, pela peregrina síntese vocabular e fluidez de atmosfera, nos aparece como a razão maior de haver existido um dia Cecília Meireles. A mulher extraordinária foi apenas uma ocasião, um instrumento, afinadíssimo, a revelar-nos a mais evanescente e precisa das músicas. E esta música hoje não depende de executante. Circula no ar, para sempre."

Carlos Drummond de Andrade

"Quero crer que a grandeza maior do lirismo ceciliano é a de ser tão contíguo à vida, uma forma de respirar poeticamente, de tal maneira que não vejo nada maior do que ela, neste sentido, em quatrocentos anos de poesia produzida no Brasil."

Walmir Ayala

"Ela é desses artistas que tiram seu ouro onde o encontram, escolhendo por si, com rara independência. E seria este o maior traço da sua personalidade, o ecletismo, si ainda não fosse maior o misterioso acerto, dom raro, com que ela se conserva sempre dentro da mais íntima e verdadeira poesia."

Mário de Andrade